KB234581

나는 브라질로 간다

나는 브라질로 간다

B·r·a·z·i·l

한정기 지음

비룡소

힘든 시간을 잘 이겨낸 자랑스러운 아들 준성이,
그리고 가슴에 꿈을 지닌 세상의 모든 소년 소녀들에게

차례

제1부
운동장에 부는 바람

입학식

입춘과 우수도 벌써 지났건만 바람 끝은 아직 매웠다. 그러나 볕바른 땅에는 여린 풀잎이 연둣빛 싹을 내밀고 있었고, 개나리는 노란 꽃봉오리를 터트리고 있었다. 봄은 그냥 시간이 지나면 오는 것이 아니었다. 추위와 싸워 이긴 꽃과 풀들의 노력으로 조금씩, 조금씩 우리 곁에 오는 것인지도 몰랐다.

어젯밤, 잠들기 전에 챙겨 두었던 새 교복이 옷걸이에 얌전히 걸려 있었다. 준혁이는 옷걸이에 걸린 교복을 내려서 입기 시작했다. 처음 매어 보는 넥타이가 영 어색했다. 거울을 들여다보며 넥타이를 매만지고 있는데 노크도 없이 문이 벌컥 열리며 엄마가 들어왔다.

"아이고……, 우리 아들! 인물도 어째 이리 잘났노."

교복을 입은 준혁이를 바라보는 엄마의 눈에는 대견함과 자랑스러움이 가득했다.

"엄마는, 남의 방에 들오면서 노크도 안 하요!"

준혁이가 볼멘소리를 내질렀다.

"문디자슥, 엄마가 어째 남이고?"

"그게 아니라, 아무리 엄마라도 그렇지. 나도 이제 중학생인데……."

"아이고, 그래그래, 니도 인자 다 컸다 말이제? 아하하하……. 잠깐, 잠깐만 기다리라. 내도 준비 다 됐다."

엄마는 먼저 나가려는 준혁이를 불러 세우며 낡은 잠바를 들고 나왔다.

"내가 뭐 알라요. 혼자 입학식도 못 할까 봐. 날씨도 추운데 괜히 벌벌 떨라고."

이제는 중학생인데. 입학식까지 엄마가 따라온다는 게 준혁이는 못마땅했다.

"니가 혼자 입학식도 못 할까 봐 그라나? 우리 아들 입학식 하는 거 보고 싶어 그라지. 얼른 가자."

엄마는 준혁이를 앞질러 나가며 말했다.

"에이, 짜증 나!"

준혁이는 잔뜩 볼이 부은 얼굴로 엄마를 따라 나갔다. 헝클어진 뒷머리와 빛바랜 낡은 잠바를 입은 엄마가 준혁이는 못

마땅하기만 했다. 담임 선생님이나 친구들이 그런 엄마를 보는 게 싫었다. 풍족한 살림은 아니었지만 그렇다고 단정한 외출복도 못 차려입을 만큼 궁색한 살림도 아니었다.

'일부러 예쁘게 꾸미지는 않아도 다른 사람들 보기에 단정하게라도 보여야지……'

언제부턴가 준혁이는 엄마도 다른 엄마들처럼 자신을 가꾸면 좋겠다는 생각이 들었다. 그러나 엄마는 그런 데는 관심이 없는 사람이었다. 일 년 내내 화장기라곤 없는 얼굴에 머리는 금방 자고 일어난 것처럼 부스스했다. 거기다 입고 있는 바지는 항상 무릎이 튀어나와 있었고, 셔츠의 목은 늘어나 있었다.

준혁이는 자기도 모르게 아버지 생각이 났다. 그러나 이내 아픈 상처를 건드린 것처럼 그 생각을 떨쳐 버렸다. 한 걸음 앞서 간 엄마는 버스 정류장에서 준혁이가 오는 걸 바라보고 있었다.

"1학년들은 자기 반을 찾아 운동장 가운데로 줄을 서세요."

학생 주임 선생님의 꺽진 목소리가 스피커를 타고 운동장에 울려 퍼졌다. 짧게 깎은 머리가 동글동글 귀여운 신입생들이 자기 반을 찾아 줄을 서기 시작했다. 모두들 의젓하게 넥타이까지 맨 교복 차림이었지만 아직 어린 티가 그대로 흘렀다. 그러나 털갈이 하는 중병아리처럼 꺼벙한 2, 3학년들에 비해 1학년들은 깎아 놓은 밤톨처럼 귀여웠다. 운동장 가에 둘러선 학부모들의 입가엔 흐뭇한 웃음이 번지고 있었다.

1학년 3반. 준혁이는 자기 반을 찾아 줄을 섰다.

'촌스럽게……, 엄마는 중학교 입학식까지 따라오고……. 내가 저런 아이들하고 같은 줄 아나.'

몸은 자기 반을 찾아 줄을 서면서도 눈길은 부모님을 찾느라 두리번거리는 친구들을 보며 준혁이는 가볍게 혀를 찼다. 엄마도 어디선가 자기를 바라보고 있을 거라 생각하니 준혁이는 다시 짜증이 났다.

'하여튼 우리 엄마 극성을 누가 말리겠노.'

준혁이는 세상 고민은 혼자 다 안고 있는 것 같은 표정을 지으며 어깨를 움츠렸다.

작년 봄. 봄비가 추적추적 내리던 날이었다.

"같이 사는 게 불행한 일이 된 지 오랜데, 억지로 참고 산다는 건 서로에게 못할 짓이다. 아무리 노력해도 더는 안 되겠다. 나는 이 집에 있어도 그만, 없어도 그만인 사람 아이가. 준혁이한테는 정말 미안하지만 나도 어쩔 수 없다."

엄마의 지청구에 지친 아버지는 그 말만 남기고 집을 나가 버렸다. 부모, 형제도 없는 아버지. 들리는 소문에는 인천인가 어디에서 새 가정을 꾸려 살고 있다고 했다.

아버지가 떠난 뒤로 엄마는 더욱 극성스러워졌다.

"준혁아, 걱정하지 마라. 내가 무슨 수를 써서라도 니 뒷바라지는 할 거다. 축구를 하든지, 공부를 하든지 니 하고 싶은 대로 해라."

엄마는 겉으론 큰소리쳤지만 시장에서 혼자 과일 장사를 하면서 운동하는 아들 뒷바라지를 한다는 게 쉬운 일이 아니었다. 다달이 내는 축구부비는 그렇다 쳐도, 전지 훈련비나, 합숙비 등 축구는 돈이 많이 드는 운동이었다. 무엇보다 중학교에 가서도 축구를 한다는 것은 이제 공부는 접고 운동의 길로 들어선다는 의미였다.

"저는 공부보다 축구가 좋습니다. 축구해서 국가 대표 선수가 될 겁니다. 국가 대표 선수가 되면 돈도 많이 벌고 이름도 나고……. 저는 축구 선수로 성공할 겁니다."

준혁이는 얌전하게 책상에 앉아 공부하는 것보다 운동이 훨씬 더 남자답고 좋았다. 유명한 선수가 되면 돈도 많이 벌게 될 거고, 그러면 엄마도 힘든 장사를 그만두고 편하게 지낼 수 있을 거라 생각했다. 엄마와 자기를 버리고 떠난 아버지에게 국가 대표 선수가 된 모습을 보란 듯이 보여 주고 싶었다.

'그렇게 이혼하고 떠날 거면 결혼은 뭐 때매 했노.'

그런 생각이 들 때마다 준혁이는 가슴이 터질 것 같았다. 엄마와 아버지가 서로 맞지 않는 사람들이라는 건 준혁이도 알았지만, 그게 서로 헤어지는 이유가 된다는 건 이해가 되지 않았다.

차가운 바람 속에서 교장 선생님의 지루한 말이 이어지고 있었다.

"에이, 씨……! 하늘은 와 저리 새파랗노."

아버지만 생각하면 공연히 심사가 뒤틀렸다. 자기하고는 아무 상관 없이 세상이 이토록 화사하고 푸른 것도 화가 났다. 그럴 때는 축구 시합 하는 상상이 최고였다. 축구 생각을 떠올리자 다시 다른 고민이 떠올랐다.

'선배들이 귀찮게만 안 하면 딱인데. 동우 선배는 자기 따까리 하라고 입학도 하기 전부터 압력을 넣고…….'

초등학교 6학년 겨울 방학 동안 축구 특기생들은 미리 진학할 중학교로 가서 선배들과 함께 운동했다.

3학년이 된 동우 선배는 신입생들이 제일 싫어하는 선배였다. 동우 선배는 귀찮은 일이 있으면 후배들과 눈이 마주칠 때까지 기다렸다. 그러다 누구라도 자기와 눈이 마주치는 후배가 있으면 불러서 자질구레한 일을 시켰다. 시킬 일이 없을 때는 눈이 마주쳤다고 시비를 걸어 때리곤 했다. 그런 동우 선배가 준혁이를 점찍은 것이다.

1학년 후배들이 들어오면 선배들은 자기 마음에 드는 애를 하나씩 찍었다. 소위 말하는 따까리라는 거였다. 선배 입장에서는 자잘한 심부름이나 운동복 빨래 같은, 자기가 하기 싫은 걸 후배에게 시킬 수 있었지만 후배들에겐 귀찮고 짜증 나는 일이었다. 자기 의지와는 상관없이 성가신 일에 말려들어 나중에는 꼼짝달싹 못하는 꼭두각시가 되기 십상이었다. 그렇다고 이제 입학할 1학년이 선배 말을 듣지 않는다는 건 앞으로 고달픈 축구부 생활을 견뎌 내야 한다는 말이기도 했다.

선배나 후배가 서로 마음이 잘 맞는 경우에는 그런 특별한 관계는 좋기도 했다. 후배 입장에서는 선배의 장점을 배울 수도 있고, 합숙이나 전지훈련 때도 서로 챙겨 주는 등, 좋은 점도 많았다. 그러나 보통은 한쪽은 싫은데 다른 한쪽만 원하는 경우가 대부분이었다.

'내가 미쳤나. 그 또라이 따까리하게. 절대 시키는 대로 안 할 끼다.'

준혁이는 혼자 중얼거렸다. 누가 시키는 대로 해야 한다는 게 준혁이는 죽기보다 싫었다. 늘 엄마에게 휘둘리며 살았던 아버지를 보며 자기는 절대 그런 사람이 안 될 거라 다짐해 왔다.

교장 선생님의 말씀이 끝난 뒤 조회대 위에서는 학생 주임 선생님이 1학년 담임 선생님을 소개하고 있었다. 1학년 3반 담임 선생님은 미술 과목을 맡은 여자 선생님이었다. 엄마보다 젊어 보이는 여자 선생님은 멀리서 봐도 단정하고 예뻤다. 준혁이는 길게 목을 빼 선생님을 살폈다.

교문 쪽에서 바람이 흙먼지를 일으키며 불어왔다. 운동장 가의 학부모들과 운동장에 늘어선 아이들은 고개를 숙이며 몸을 움츠렸다. 차가운 봄바람에 오소소 소름이 돋은 목덜미를 움츠리며 준혁이는 다시 조회대로 눈길을 돌렸다. 눈꼬리가 길어 갸름해 보이는 눈과 매부리코, 거기다 각진 턱이 무척 고집스럽고 강한 인상을 풍기는 얼굴이었다.

십이신지

운동장에는 어둠이 내린 지 오래였다. 학교 체육관 뒤, 선생님들이 차를 세워 두는 주차장은 텅 비어 있었다. 체육관 벽을 등지고 아이들 열두 명이 준혁이를 가운데 두고 둥글게 서 있었다.

"준비됐제?"

준혁이는 두려움 때문에 가슴이 걷잡을 수 없이 뛰었다. 두려운 마음을 감추려고 태연한 척 고개를 끄덕였다. 순간 주먹이 날아와 턱을 후려쳤다.

'비명을 지르면 안 된다!'

휘청거리면서도 준혁이는 이를 악물고 바로 섰다.

"어쭈……, 제법인데!"

다시 주먹이 날아왔다. 아랫배가 찢기는 것 같은 통증. 준혁이는 숨이 턱 막혔다. 연이어 날아오는 주먹. 열두 명의 아이들은 준혁이를 세워 놓고 순서대로 때리기 시작했다. 어둠 속에서도 눈에 불꽃이 튀었다. 주먹이 몸에 부딪히며 내는 둔탁한 소리. 때리는 아이들의 거친 숨소리. 그러나 맞고 있는 준혁이에겐 그런 소리가 하나도 들리지 않았다. 겁쟁이처럼 보이면 안 된다는 생각. 비명은 겁쟁이들이나 지르는 거라 생각했다.

그러나 쏟아지는 주먹 앞에 그런 다짐은 아무 소용도 없었다. 몸으로 느끼는 아픔은 마음속 다짐을 비웃기라도 하듯 입에서는 비명이 저절로 터져 나왔다. 되돌릴 수 있다면 없었던 일로 하고 도망치고 싶었다. 하지만 이미 늦은 일이었다.

얼마나 시간이 지났을까. 땅바닥을 뒹굴면서 준혁이는 가물거리는 정신을 놓지 않으려고 눈을 크게 떴다. 깜깜한 하늘에 희미하게 반짝이는 별 하나가 보였다.

"새끼, 생각보다는 잘 견디네. 됐다! 일으켜 줘라."

십이신지 짱인 3학년 오광팔의 말에 누군가 준혁이를 일으켜 세워 주었다. 준혁이는 비틀거리며 등을 벽에다 기댔다. 이제 끝났다는 안도감에 아픈 것도 잠시 잊었다.

"널 십이신지의 멤버로 받아들인다. 오늘부터 너는 우리와 함께 한다."

오광팔의 말이 떨어지자 둘러선 아이들이 준혁이의 어깨를 치며 한마디씩 했다.

"짜식, 잘해 보자."

"환영한다."

"웰컴!"

웰컴이라니. 이 상황에서는 너무나도 바보 같은 말이었다. 그제야 입 안에 뭔가 가득 고여 있다는 느낌이 들었다. 목으로 넘어온 코피. 입술도 찢어진 것 같았다. 입 안에 고인 피를 뱉어 내며 숨을 내쉬는데 숨이 콱 막혔다.

'신고식은 끝났다. 이제 아무도 나를 무시하지 못한다.'

짧게 숨을 고르는 사이 그 생각이 가장 먼저 들었다. 옆구리가 결려서 바로 서기가 힘들었다. 오른쪽 눈은 잘 떠지지도 않았다. 그러나 아픔보다는 잘 견뎠다는 뿌듯함이 더 크게 몰려왔다.

준혁이는 아무렇지도 않은 듯 고개를 들었다. 가슴으로 코피가 뚝뚝 떨어지고 있었다. 곁에 서 있던 누군가가 휴지로 준혁이의 코를 틀어막아 주었다.

"개않습니다."

준혁이는 손길을 뿌리치고 휴지를 빼 던졌다.

십이신지는 준혁이네 학교의 주먹들이 만든 단체였다. 아무도 건드리지 못하는 아이들. 선생님까지도 골치 아픈 그 아이들을 피하고 싶어 했다. 1학년들 사이에서는 공포의 대상이기도 했지만 가입해서 다른 아이들의 선망이 되고 싶어 하는 아이들도 더러 있었다.

입학하면 가장 먼저 십이신지에 가입하려고 벼르던 준혁이는 오늘 신고식을 치른 것이었다.

"야, 준비한 거 가져온나."

오광팔의 말이 채 땅에 떨어지기도 전에 아이들이 비닐봉지에 든 것을 가져왔다.

"요새는 미성년자한테 술, 담배 못 판다 캐서 얼마나 힘들게 구했는지 모릅니다."

"저기 윗동네, 할매가 하는 구멍가게에 가서 간신히 구했다 아입니까. 아버지 심부름이라고. 히히힛."

종이컵에 소주가 부어지고 아이들은 돌아가며 마셨다. 그리고 마른 오징어를 씹었다. 준혁이는 선배들이 주는 잔을 받아 한입에 털어 넣었다. 찢어진 입술에 소주가 닿자 부르르 치가 떨렸다.

어두운 구석에서 술을 마시고 담배를 피우는 선배들. 이건 아닌데 싶으면서도 준혁이는 그들과 함께 있다는 사실에 마음이 놓였다.

'나도 이제 십이신지 멤버다.'

축구부 동우 선배도 이제 자기를 건드리지 못할 거라는 생각이 들었다. 불어오는 바람에 상큼한 꽃향기가 실려 왔다.

'천리향 향기다.'

"준혁아, 향기 참 좋제? 천리향이다."

뒷산 약수터 가는 길에 아버지가 가르쳐 주었던 꽃향기. 향기가 천리나 간다고 천리향이라 불린다는 나무.

'에이 씨! 와 하필 지금 그런 기억이 나노.'

준혁이는 그렁그렁 차오르는 눈물을 삼키며 중얼거렸다.

거울 속의 얼굴은 가관이었다. 터져서 피딱지가 엉겨 있는 입술. 시꺼멓게 피멍이 든 눈두덩. 남의 얼굴처럼 낯선 얼굴이었다. 집에 가려면 우선 얼굴이라도 씻어야 할 것 같아 축구부실 문을 따고 들어온 것이었다.

"괴물이 따로 없네."

준혁이는 엉망이 된 자기 얼굴을 들여다보며 남의 말 하듯 중얼거렸다. 이런 얼굴로 엄마를 볼 수는 없었다. 씻어야겠다고 생각하면서도 불을 끄고 벌렁 드러누워 버렸다. 기다리고 있던 어둠이 덮치듯 준혁이를 감쌌다.

"나는 절대 무시당하고는 안 살 거다. 누구도 나를 무시하지 못하게 할 거다."

준혁이는 그대로 잠들어 버렸다. 눈을 떴을 때는 축구부실

창밖이 희붐하게 밝아 오고 있었다. 준혁이는 벌떡 일어났다.

"아야야……."

아랫배가 결려 몸을 웅크리며 굴렀다. 더럭 겁이 났다. 준혁이는 가만히 숨을 내쉬어 봤다. 속에 탈이 났다면 아파서 밤새 잠도 못 잤을 거라는 생각이 들었다.

'움직일 때만 아프니까……, 시간이 지나면 괜찮을 거다.'

준혁이는 조심스럽게 일어나 세수부터 했다.

"으윽!"

손 닿는 곳 어디고 아프지 않은 데가 없었다. 세수를 하고 다시 거울을 봤다. 밤새 부기는 조금 빠진 것 같은데 그 얼굴로 나다니는 건 불가능할 것 같았다.

"후유……, 나도 모르겠다."

축구부실을 나왔지만 어디로 가면 좋을지 몰랐다. 호주머니를 뒤져 보니 천 원짜리 두 장이 나왔다. 해운대쪽에 가면 24시간 하는 피시 방이 있다는 생각이 떠올랐다. 그제야 휴대전화도 생각났다. 가방을 뒤져 휴대전화를 꺼내 보니 부재중 메시지가 열 개도 넘게 찍혀 있었다. 모두 엄마가 건 전화였다. 준혁이는 버튼을 눌렀다.

"문디자슥! 전화도 안 받고. 니, 지금 어디고? 집에는 와 안 들어오고 그라노? 아무 일 없나?"

화난 엄마의 목소리가 쩌렁쩌렁 울렸다.

"길상이네 집에서 친구들이랑 논다고 깜빡했네요. 학교 바로 갈 거니까 걱정 마이소."

"머리에 피도 안 마른 녀석이 외박이나 해싿고! 니, 우짤라고 그라노 으이?"

엄마는 다시 소리를 질렀다.

"우짜기는 머를 우짠다고 그라요. 내가 알아서 하니까 걱정 마이소."

준혁이는 벌컥 화를 내며 전화를 끊었다.

"에이, 짜증 나!"

걱정하는 마음을 모르는 건 아니었지만 전화로 소리부터 지르는 엄마가 성가시게만 느껴졌다. 준혁이는 다시 길상이한테 문자를 보냈다. 문자를 입력하고 있는데 다시 전화가 왔다. 엄마가 건 전화였다. 준혁이는 무시하고 다시 문자를 찍었다.

〈오늘 결석한다. 황태한테 잘 말해도.〉

황태는 축구부 감독 별명이었다. 축구부원들은 황명태인 이름을 줄여서 "황태"라고 불렀다. 축구부는 교실에 들어가지 않아도 괜찮았다. 따라서 담임 선생님 걱정은 하지 않아도 되었다.

〈와 그라는데?〉

길상이가 보낸 문자였다.

〈몸이 좀 안 좋다. 며칠 잠수다.〉

〈어디 아픈데?〉

준혁이는 휴대전화의 전원을 꺼 버렸다. 다시 문자를 보내는 것도, 엄마의 전화를 받는 것도 귀찮았다.

새벽 거리로 나선 준혁이는 해운대행 버스를 탔다. 맨 뒷자리에 웅크리고 앉아 물끄러미 거리를 내다봤다. 이제 막 잠에서 깨어난 새벽 거리는 아기 얼굴처럼 말갰다.

잊을 것은 잊어 버려, 답답한 건 털어 버려, 버릴 것은 다 버려 버리고 다시 한 번 시작해.

노래 부를 기분은 아니었지만 준혁이는 습관처럼 가사를 중얼거렸다.

텔레비전이나 영화에서는 배우들이 치고받고 싸우는 것도 멋져 보였다. 주인공은 아무리 맞아도 멀쩡했고, 전혀 아파 보이지도 않았다. 그런데 자기는 아픈 것은 제쳐 놓더라도 우선 얼굴 꼴부터 말이 아니었다. 거기다 어젯밤에는 집에 들어가지도 않았고, 오늘은 학교까지 결석하려는 중이었다.

'내가 지금 뭐 하는 짓이고?'

자기가 생각해도 한심했다. 준혁이는 가볍게 한숨을 내쉬었다. 그러나 행동은 마음과는 달리 자꾸 엉뚱한 쪽으로 가고 있었다.

해운대에서 내려 피시 방에 들어간 준혁이는 가장 구석진 자리에 앉아 게임을 하기 시작했다. 게임하는 동안에는 엄마도, 학교도, 아무 생각도 들지 않았다. 준혁이는 게임에만 빠져들었다.

가지고 있던 돈만큼 게임을 하고 나니 더 이상 있을 수가 없었다. 어디 갈 만한 곳도 없었다. 준혁이는 하는 수 없이 집으로 들어갔다. 가게에 나갔을 거라 생각했던 엄마가 집에서 준혁이를 기다리고 있었다.

"니! 니……, 얼굴이 와 그렇노? 어디서……, 어쩌다 그렇게……."

엄마는 너무 놀라 말도 제대로 잇지 못했다.

"아무것도 아입니다. 그냥…… 치, 친구랑 장난치다 좀 싸웠어요."

준혁이는 엄마의 눈길을 피하며 어물거렸다.

"문디자슥! 머, 머라꼬? 친구랑 장난치다 쫌 싸웠다꼬?"

엄마는 준혁이의 어깨를 잡아 돌려세웠다.

"이기 뭐꼬! 으이? 어느 놈이 우리 아들 얼굴을 이 꼴로 만들어 났노! 누고? 누가 그랬노? 빨리 말 못 하나!"

엄마는 준혁이의 어깨를 잡고 흔들었다.

"에이, 씨! 친구랑 장난치다 그란 걸 가지고 와 이리 난리요."

준혁이는 거칠게 엄마의 손길을 뿌리쳤다.

"이, 이노무 자슥이!"

엄마는 준혁이의 등짝을 후려치더니 털썩 주저앉으며 울부짖었다.

"아이고, 아이고……. 어흐흐흑! 머리에 피도 안 마른 놈이 싸움질이나 하고 다니고, 학교도 안 가고……. 내가 못산다. 내가 못살아! 벌써부터 지 맘대로 저카면 나는 누굴 믿고 산다 말이고. 아이고 아이고……."

엄마는 아예 다리까지 뻗치고 바닥을 치며 울어 댔다. 그러다 벌떡 일어났다.

"가자. 내하고 같이 학교에 가자."

"학교는 와요?"

"조금 전에 감독 선생님 전화가 왔더라. 니가 많이 아픈지."

'으이구! 길상이 짜식. 뭐라 말했기에…….'

"니, 오는 대로 델꼬 간다고 감독 선생님한테 약속했다."

감독 선생님과 엄마는 준혁이가 학교에 가지 않은 걸 알고 있었던 것이다.

"에이, 참! 내일 가면 안 됩니까. 벌써 마칠 시간이 다 돼 가는데."

"12시 넘었으니까 인자 점심 먹고 운동할 시간 아이가. 수업은 못 해도 운동은……."

엄마는 준혁이의 얼굴을 보며 다시 말을 이었다.

"운동 못 하더라도 감독 선생님한테 니를 델꼬 간다 했으니까 어서 가자."

엄마는 막무가내로 준혁이를 앞세우고 등을 떠밀었다. 자기가 아무리 버텨도 그냥 넘어갈 엄마가 아니었다.

'에이, 씨! 미치겠네.'

준혁이는 하는 수 없이 엄마를 따라 나설 수밖에 없었다.

"감독 선생님, 야를 우짜면 좋겠습니까!"

엄마는 감독 선생님을 만나자마자 눈물 바람이었다.

"준혁이랑 이야기를 좀 할 테니 어머니는 그만 돌아가십시오."

감독 선생님은 엄마를 집으로 돌려보낸 뒤 준혁이를 감독실로 불렀다. 준혁이를 물끄러미 바라보던 감독 선생님이 먼저 말문을 열었다.

"너 얼굴이 왜 그 모양이냐?"

"친구랑 좀 싸웠습니다."

감독 선생님이 자기 말을 그대로 믿을 거라고는 생각하지 않았지만, 그렇다고 사실대로 말할 수도 없었다.

"친구랑 싸웠다고?"

감독 선생님은 마치 모든 걸 다 알고 있는 듯한 얼굴로 되물었다. 준혁이는 몸이 저절로 오그라드는 것 같았다.

"지금 네가 거짓말하고 있다는 거 너도 알지?"

"……."

자기도 모르게 고개가 푹 숙여졌다. 마치 커다란 산을 마주하고 서 있는 것 같았다.

"네가 말하기 싫으면 더 묻지는 않으마. 너는 이번 신입생들 가운데 가장 뛰어난 녀석이라 지켜보고 있는데, 날 더 실망시키는 일은 없도록 해라. 오늘은 운동하기 어려울 테니 운동장에서 참관만 하고."

그 정도로 끝난 게 믿기지 않았다. 준혁이는 조심스럽게 한숨을 내쉬며 꾸벅 인사를 했다.

"다른 운동도 다 마찬가지겠지만, 축구를 하려면 먼저 자기 마음부터 조절할 수 있어야 한다. 화난다고 주먹부터 휘두르는 사람은, 공을 받았을 때도 골을 넣겠다는 성급한 마음에 팀 전체의 승패에 치명적인 타격을 입히게 되는 법이다. 내 말이 무슨 뜻인지 곰곰이 생각해 봐라."

준혁이 등 뒤에서 감독 선생님의 목소리가 들렸다. 준혁이는 돌아서서 다시 꾸벅 고개를 숙이고 밖으로 나왔다.

"아이고……, 짜슥아."

길상이는 준혁이를 보자마자 무슨 일이 있었는지 다 안다는 표정으로 혀를 찼다. 아이들 사이에 어젯밤 있었던 일이 벌써 다 퍼진 모양이었다.

"니, 꼭 그래 해야겠나?"

"무시 안 당할라면."

"그란다고 무시 안 당하나!"

길상이가 안타깝다는 듯 말했다.

"이제 동우 선배도 내 못 건드린다."

"그렇다고 그 또라이가 그냥 있을 거 같나? 찰거머린데."

"나도 다 생각이 있어 그런 거다."

준혁이는 길상이의 말을 무지르며 축구공을 들고 운동장으로 나갔다. 운동장에서 몸을 풀고 있던 동우 선배가 준혁이에게 다가왔다.

"너, 십이신지 가입했다며?"

"……."

"이제 귀찮게 안 할게……. 내가 이럴 줄 알았지? 꿈 깨, 새 까!"

동우 선배는 가소롭다는 얼굴로 씹어뱉듯 말했다. 땅바닥에 침을 뱉고 돌아서는 동우 선배의 음흉하면서도 싸늘한 눈길에 준혁이는 소름이 오싹 돋았다.

'그래도 이제 십이신지 멤버가 됐으니까 저 또라이한테서 벗어날 수 있을 거다. 이제 축구만 열심히 하면 된다.'

축구를 생각하니 마음이 좀 가벼워지는 것 같았다. 자기를 보고 울던 엄마 얼굴이 떠올랐다.

"엄마, 이제 축구만 열심히 할 겁니다. 걱정 마이소. 진짭니 다."

준혁이는 마치 엄마가 곁에 있는 것처럼 말했다. 엄마한테 하는 말이었지만 그것은 자신에게 하는 다짐이기도 했다.

준혁이는 이틀이 지난 뒤에야 운동을 할 수 있었다. 동우 선 배는 준혁이에게 전처럼 성가시게 굴지는 않았다. 그렇다고 완 전히 포기한 것도 아닌 것 같았다. 가끔 자기를 보는 동우 선배 의 눈길을 느낄 때면 준혁이는 소름이 돋곤 했다. 뭔가 속에 꿍 꿍이가 있는 것 같은데 쉽게 드러내지 않고 있다는 느낌이 들 었다.

그러나 공을 차는 순간만은 그 모든 것을 다 잊을 수 있었다.

자기를 버리고 떠난 아버지도, 혼자 고생하는 엄마도, 찰거머리처럼 성가신 동우 선배도……. 준혁이는 축구에만 몰두했다.

처음엔 그냥 친구들과 어울려 공을 몰고 달리는 게 신났다. 어쩌다 날린 슛은 골대 안으로 들어가기보다 떼굴떼굴 굴러 골대 앞에서 멈춰 서는 경우가 더 많았다. 축구가 준혁이 가슴에 처음으로 와 닿은 건 초등학교 2학년 때였다.

"내일 새벽에 월드컵 경기 한다."

"독일하고 볼리비아하고 붙는다 아이가."

나라 이름도, 월드컵이라는 말도 생소했다. 초등학교 2학년이었지만 마치 축구 해설가라도 된 것처럼 떠들어 대는 친구들 이야기는 마법의 주문처럼 준혁이 마음을 흔들었다. 다른 친구들이 잘 알고 있는 이야기를 자기만 모르고 있었다는 사실에 준혁이 마음속에는 묘한 경쟁심이 일었다.

그 다음 날 새벽, 준혁이는 엄마가 깨워 주지 않아도 눈이 저절로 떠졌다. 혼자 일어나 텔레비전을 켰다. 바늘 하나 꽂을 틈 없이 경기장에 모여든 관중들, 그들이 내지르는 함성, 초록 그라운드에 나온 늠름한 선수들……. 준혁이는 자신도 모르게 마른침을 삼켰다.

독일의 클린스만이 볼리비아를 상대로 승리의 슛을 날리고 포효하는 모습이 화면 가득 비쳤을 때는 마치 자기가 공을 넣은 것처럼 가슴이 뛰었다.

'와……! 정말 멋지다.'

클린스만. 준혁이가 처음으로 기억한 축구 선수 이름이다. 그날 이후 축구는 준혁이의 머릿속에서 떠나지 않는 단어가 되었다. 부모님을 졸라 5학년 때부터는 아예 축구부에 들어가 공을 차기 시작했다. 열심히 달리고 난 뒤의 상쾌함. 어디로 굴러갈지 모르는 공을 자기가 원하는 방향으로 정확하게 차 넣었을 때 맛보는 기쁨. 준혁이는 조금씩, 조금씩 축구의 세계로 빠져들었다. 자신은 이제 막 걸음마를 시작했지만 스포츠 뉴스 시간을 장식하는 세계적인 선수들의 화려한 플레이를 볼 때마다 준혁이의 가슴은 두근거렸다. 언젠가는 자기도 저렇게 텔레비전에 나올 거라는 상상만으로도 마음은 풍선처럼 부풀어 올랐다. 주위에 아는 축구 선수들 가운데는 벌써 외국으로 축구 유학을 떠난 아이들도 더러 있었다. 꿈같은 일이지만 자신도 외국의 잔디밭에서 마음껏 공을 차고 싶다는 막연한 생각도 들었다.

중학교에 올라와 공을 차는 건 초등학교 때 공을 차던 것과는 다른 느낌이었다. 체력이나 공을 다루는 능숙함은 선배들에게 뒤처졌지만, 준혁이는 자기보다 큰 선배들과 어울려 공을 차는 것만으로도 즐거웠다. 축구 실력도 하루하루 느는 것 같았다. 훈련을 마친 뒤 땀으로 흠뻑 젖은 몸을 씻고 나올 때의 상쾌함도 초등학교 때와는 달랐다. 뭐라 꼬집어 말할 수 없는 뿌듯함. 조금씩 조금씩 어른이 되는 것 같은 그런 느낌. 준혁이는 수건으로 젖은 머리를 털며 휘파람을 불곤 했다. 그렇지만 호시탐탐 무언가 노리고 있는 듯한 동우 선배의 눈길은 쉽게 떨쳐지지가 않았다.

환한 등불 하나

4월에 열리는 전국 대회를 준비하느라 2, 3학년 선배들은 겨울 동계 훈련에 이어 다시 합숙 훈련에 들어갔다. 그러나 1학년들은 아직 선수로 뛰지 못했기 때문에 집에서 등하교를 하며 오후 훈련에만 참여했다.

"합숙하면 선배들 심부름 도맡아 놓고 해야 될 낀데 잘됐지, 뭐."

길상이가 다행스럽다는 듯이 말했다. 성격 좋기로 소문난 길상이었지만 선배들의 등쌀이 힘든 건 마찬가지였다. 준혁이도 동우 선배와 부딪치는 시간이 줄어들어 다행이다 싶었다.

버스 정류장에 거의 다 왔을 때였다. 휴대전화가 울렸다.

'누구?'

길상이가 눈빛으로 물었다.

"복 터진 놈."

준혁이의 대답에 길상이가 실실 웃었다. 민우는 초등학교 때 함께 축구를 했던 친구였다. 그러나 축구를 그만두고 일반 중학교로 진학했다. 남학생만 득실거리는 자기 학교에 견주어 남녀공학으로 진학한 민우를 길상이와 준혁이는 복 터진 놈이라며 부러워했다.

"이번 주 토요일 오후에 친구들이랑 영화 보러 가기로 했는데. 시간 있나?"

언제나 즐거운 것 같은 민우 목소리. 싱글거리는 민우 모습이 휴대전화로도 그대로 느껴졌다.

"어허! 학생이 공부는 안 하고 무슨 영화! 누구랑 가는데?"

한껏 무게를 실어 말한다고 했지만 준혁이 목소리에도 장난기가 그대로 묻어났다.

"같이 과외 하는 친구들인데, 중간고사 앞두고 단합대회 차원에서 영화 보러 가기로 했다. 여자 애들도 있는데……."

"야! 진짜가?"

"이 형님이 언제 헛소리하는 거 봤냐?"

"그래, 그래. 오늘은 니가 형님 해라. 예쁘냐?"

"다 예쁜 건 아닌데, 그중에 한 명은 자기 반 얼짱이다. 공부도 짱이고."

"정말?"

"그런데……."

"그런데, 와?"

"성격은 조금 까칠하다. 야, 얼짱에다 공부까지 짱인 애들 다 그렇다 아이가. 니가 장래 국가 대표감이라 뻥을 쳤더니 관심을 보이더라."

"히히……, 진짜 국가 대표 되면 안 되나. 토요일 오후라고? 몇 신데? 이 형님이 완벽하게 준비해서 나가지. 아참! 길상이는?"

그제야 곁에서 조바심하고 있는 길상이가 눈에 들어왔다.

"느그 둘이는 한 세트 아니가. 같이 와야지."

"당근! 토요일날 전화할게."

준혁이는 전화를 끊으며 길상이를 보고 말했다.

"민우가 과외 하는 친구들하고 영화 보러 가잔다. 여학생도 같이 간단다."

길상이 얼굴에도 웃음이 번지기 시작했다. 곁에서 통화 내용을 들어 알고 있으면서도 확인하듯 물었다.

"나는? 나도 오라 카드나?"

"히히, 같이 오란 말이 있었던가? 없었던가, 이히힛! 그건 니 알아서 하세요."

집으로 가는 버스가 정류장에 들어오고 있었다. 준혁이는 버스에 올라타며 길상이를 약 올렸다.

"나쁜 놈. 니가 그라고도 친구가?"

"응!"

길상이는 그만 푹 하고 웃음을 터트렸다. 불어오는 봄바람이 온몸을 간질간질 간질이는 것 같았다. 자꾸만 실실 웃음이 나와 준혁이는 얼굴에 잔뜩 힘을 줘야 했다.

"내가 얘기했제? 장래 우리나라를 대표할 축구 선수들이라고. 야는 초강력 울트라 스트라이커 강준혁이고, 이 친구는 철벽 수비 대표 주자 김길상."

민우가 함께 온 친구들에게 준혁이와 길상이를 소개했다. 민우를 포함해 남학생이 세 명, 여학생이 세 명이었다. 어색한 분위기가 민우 너스레에 조금 자연스러워졌다.

"안녕!"

"반갑다."

서로 가볍게 인사를 하는데 유난히 눈길을 끄는 아이가 있었다. 약간 마른 듯한 몸매에 훤칠한 키. 희고 갸름한 얼굴에 눈이 머루처럼 까만 아이였다.

'얼짱에 공부짱인 아이가 쟤구나.'

준혁이는 자기도 모르게 자꾸 그 여학생 쪽으로 눈이 갔다.

'내가 와 이라노!'

다른 친구들이 자기 마음을 그대로 들여다보고 웃는 것 같았다. 화끈거리는 얼굴을 감추려고 준혁이는 두 손으로 얼굴을 문질렀다.

"운이 좋네. 자리가 같은 줄에 나란히다."

민우가 끊어 온 표를 나눠 주며 말했다.

'옆자리에 재가 앉으면 좋겠다.'

그런데 정말 준혁이 옆자리에 그 여자 아이가 앉았다. 가슴이 걷잡을 수 없이 뛰기 시작했다.

"운동 힘들지 않아?"

자리에 앉은 여자 아이가 준혁이 쪽으로 고개를 돌리며 물었다.

"응, 아니! 힘들지만 재밌어."

여자 아이가 킥 하고 웃었다. 살짝 드러나는 덧니. 어두운 영화관인데도 준혁이는 눈이 부셨다.

'이런 바보 같은 대답이 어딨노!'

보나마나 또 얼굴이 빨개졌을 텐데, 영화관의 어두움이 그렇게 고마울 수 없었다.

"난 이소정이야. 민우한테서 네 얘기 많이 들었어."

“무, 무슨 이야기?”

“초등학교 졸업 때 시 대표로 우수 선수상 받은 거. 락을 좋아하고……, 그리고 장래 희망은 지단 같은 세계적인 선수가 되는 것!”

소정이가 손가락을 꼽으며 말했다. 준혁이는 소정이가 자기에게 특별한 관심을 가진 것처럼 느껴졌다.

“짜식이, 쓸데없이…….”

준혁이는 자꾸 삐져나오는 웃음을 참느라 민우 쪽을 바라보며 중얼거렸다.

영화를 보고 나오며 준혁이는 소정이와 휴대전화 번호를 교환했다. 방금 본 영화 내용은 하나도 기억나지 않고, 머리에는 오로지 소정이 목소리와 모습만 가득 찼다. 어두워진 거리를 밝히는 불빛처럼 가슴속에 환한 등불 하나가 켜진 것 같았다.

단체 기합

준혁이네 학교는 MBC배 전국 중, 고등학교 대회에 시 대표로 출전했지만 16강에서 탈락했다.

"쪽팔린다. 전국 대회 나가서 두 게임밖에 못 뛰고 돌아오다니. 차라리 우리를 뛰게 했으면 그보다는 잘했겠다. 뭐고, 시합 다 끝났는데 이렇게 뛰게 하고!"

준혁이의 불평에 곁에서 달리던 길상이가 소곤거렸다.

"감독이 우리한테 화풀이하는 거 아이가."

벌써 열 바퀴째였다. 처음엔 투덜거릴 힘이라도 있었지만 열 바퀴쯤에는 숨 쉬는 것도 버거웠다. 아까부터 양쪽 무릎이 계속 뜨끔거리며 아팠다. 준혁이는 절뚝거리면서도 계속 뛰었다.

감독 선생님은 운동장 스무 바퀴를 뛰게 한 다음 다시 두 사람씩 짝을 지어 패스와 드리블 연습을 시켰다. 준혁이는 이를 악물고 끝까지 연습을 마쳤다. 절뚝거리며 간신히 부실에 들어와 보니 무릎이 퉁퉁 부어 있었다. 손을 대 보니 무릎이 난로처럼 화끈거렸다. 급한 대로 우선 냉장고에서 얼음을 꺼내 얼음찜질을 했다. 감독 선생님이 화나 있어서 아프다는 말도 못 하고 훈련을 했지만 아무래도 너무 무리를 한 것 같았다.

'병원에 가 봐야겠다. 엄마가 또 걱정할 낀데…….'

아픈 무릎보다 엄마의 걱정하는 얼굴을 봐야 한다는 게 더 신경 쓰였다.

"전에도 말씀드렸지만, 사진에 보이는 것처럼 준혁이는 무릎 아래 뼈가 갈고리처럼 튀어나와 있습니다. 이 뼈는 자라면서 점점 사라지지만, 지금 심한 운동을 하거나 무리하면 무릎을 못 쓰게 될 수도 있습니다. 무엇보다 충격을 받으면 안 됩니다."

의사 선생님은 사진을 짚어 가며 설명했다.

"그럼……, 축구를 하면 안 됩니까?"

엄마가 의사 선생님에게 물었다.

"딱딱한 땅바닥에서 공을 차는 건 안 좋지요. 잔디 구장이라면 몰라도. 우선 치료를 하고……, 운동하다 심하게 아프면 그때그때 치료받는 수밖에 없어요. 성장하고 있는 아이들이 잔

디 구장에서 축구를 할 수 있어야 하는데 현실은 그렇지 못하
니……."

의사 선생님이 말끝을 흐렸다.

집으로 돌아오는 길에 엄마가 불쑥 말했다.

"니는 다리 때문에 안 되겠다. 아직 안 늦었으니까 축구는
그만하고 공부해라. 초등학교 때도 늘 다리 아프다고 그랬다
아이가."

"엄마! 지금 그걸 말이라고……."

준혁이는 너무 화가 나 잠시 숨을 가다듬어야 했다.

"저는 꼭 국가 대표 선수가 될 겁니다."

준혁이는 고집스럽게 말한 뒤 앞서 걷기 시작했다. "어떻게
하면 좋을까?" 하고 물어보지 않고 늘 일방적으로 자기 생각부
터 먼저 말하는 엄마. 준혁이는 엄마의 그런 점이 늘 못마땅했
다. 엄마는 준혁이의 마음까지 읽지는 못하는 사람이었다.

초등학교 때부터 다른 아이들과 똑같이 운동해도 준혁이는
무릎이 자주 아팠다. 그럴 때마다 준혁이는 치료를 받으며 운
동을 계속했다. 공을 차는 즐거움에 견주면 무릎 아픈 것 쯤은
아무것도 아니었다.

약속이나 한듯 한꺼번에 피었다 져 버리는 꽃처럼 봄도 어

느새 지나고, 무더위와 함께 여름이 시작되었다. 중학생이 된
지 엊그제 같은데 돌아서니 여름방학이었다. 축구부는 다시 합
숙 훈련에 들어갔다. 가만히 있어도 짜증 나는 무더위를 피해
훈련은 이른 아침과 저녁 무렵에 집중적으로 이루어졌다.

"야, 길상이. 내 유니폼 좀 걷어 와!"

말은 길상이에게 하고 있었지만 동우 선배 얼굴은 준혁이를
바라보고 있었다. 준혁이가 십이신지에 가입한 뒤로 동우 선배
는 준혁이 대신 길상이를 못살게 굴기 시작했다. 준혁이는 동
우 선배의 눈길을 외면하며 먼저 운동장으로 나갔다. 잠시 뒤
곁에 다가온 길상이가 볼멘소리로 투덜거렸다.

"에이 씨, 선배면 다가. 재수 없어! 밥 먹을 때도 바로 앞에
물이 있는데 꼭 우리한테 달라 하고."

잔뜩 볼이 부어 중얼거리던 길상이가 생각난 듯이 말을 이
었다.

"동우 선배가 주장이 되고 나서 1학년들 군기 잡을라고 벼
른다더라."

준혁이는 그게 무슨 말이냐는 표정으로 길상이를 바라봤다.

"1학년들이 뺀질거리고 말도 잘 안 듣는다고."

아무렇지도 않은 듯 말했지만 걱정스러운 목소리였다. 합숙
훈련 때 선배가 후배들 길들인다는 명목으로 단체 기합 같은

걸 준다는 이야기를 듣기는 했다. 언젠가는 자기한테도 그런 일이 일어날 거라고 생각은 했지만 막상 현실로 다가오니 본능적으로 거부감이 들었다.

"요즘 세상에 그런 게 어딨노!"

"다른 학교에서는 벌써 한바탕 난리가 났는 갑더라."

"그게 무슨 말이고?"

"광일중 1학년들이 단체로 토낏다가 다음 날 다 잡히 왔다더라."

"어디서 잡혔는데?"

"뻔하다 아이가. 시내 피시 방에 숨어 있다가 잡혔는 갑더라."

"병신들! 토낄 거면 제대로 토끼야지. 하루 만에 잡힐 걸 뭐하러 토끼노."

"내 말이! 동우 선배는 니가 십이신지 가입하고 난 뒤부터 화살을 내한테로 돌려 요새 미치겠다. 거기다 주장까지 되었으니."

"그 또라이, 진짜 재수 없다. 지가 주장이면 주장이지. 만날 후배들 들들 볶고."

"1학년 중에 그 또라이한테 안 당한 아가 있나."

길상이가 운동장에 침을 뱉으며 말했다.

"아버지가 돈으로 주장 자리 샀다는 소문이던데."

"그러니까 그런 또라이가 주장 됐지. 하여간 그 선배랑 눈 마주치면 안 돼. 눈만 마주치면 때린다 아이가. 어제저녁에는 호엽이가 뒷마당에서 맞는 거 봤다."

"호엽이는 밥이다 아니가. 그 또라이 밥! 호엽이 엄마가 혼자 살면서 식당 일 해서 운동시키는 거 알고 안 그라나. 힘 없고, 빽 없다고."

준혁이는 자기 일처럼 흥분해서 열을 올렸다. 십이신지에 가입하지 않았다면 아마 자기도 그렇게 당했을 거라 생각하니 호엽이 일이 남의 일 같지 않았다. 하지만 아무리 억울하고 못마땅해도 1학년이 할 수 있는 일이란 아무것도 없었다.

합숙 훈련을 하면 늘 학부모들이 부실에 들락거렸다. 엄마들은 당번을 정해 선수들 식사를 준비해 주었고, 저녁 무렵이 되면 아버지들도 운동장에 찾아와 연습하는 것을 지켜보고 함께 식사도 한 뒤 돌아가곤 했다.

주장인 동우 선배 아버지는 특히 학교에 자주 나오는 편이었다. 그날도 오후 훈련이 끝나자 동우 선배 아버지와 몇몇 학부형들은 감독 선생님과 함께 학교 밖으로 나갔다. 아마 저녁을 먹으러 가는 모양이었다.

저녁 식사가 끝나고 식사 당번인 엄마들도 다 돌아간 뒤였다. 축구 부원들은 저마다 지기 운동복을 세탁기에 넣고 돌리거나 텔레비전을 보며 쉬고 있었다. 그때였다.

"1, 2학년! 전부 뒷마당에 집합해!"

동우 선배가 험악한 표정을 지으며 말했다. 순간 부실에는 싸늘한 긴장감이 돌았다.

"새끼들! 귀먹었냐? 선배 말 안 들리나?"

동우 선배와 죽이 잘 맞는 3학년 영태 선배가 다시 고함을 질렀다. 서로 눈치만 살피던 1학년들이 후다닥 부실을 나가는데, 2학년들은 '또 시작이구나.' 하는 표정으로 어슬렁거리며 뒷마당으로 나갔다. 미리 이야기가 되어 있었던 모양인지 다른 3학년 선배들은 모른 척 외면하고 있었다.

"저 미칭게이 드디어 시작이다."

길상이가 떨리는 목소리로 소곤거렸다.

"감독도 없고 기회다 싶겠지."

준혁이는 아무렇지도 않은 것처럼 말했지만 역시나 겁에 질린 목소리였다. 준혁이와 길상이뿐만이 아니었다. 1학년들은 전부 겁에 질려 있었다.

"너희들, 선배를 엿같이 아는데, 오늘 선배가 뭔지 확실하게 보여 주지. 다들 대가리 박아!"

동우 선배가 얼음장 같은 목소리로 소리쳤다. 영태 선배는 미리 준비해 둔 밀걸레 자루를 들고 나왔다.

"너희들이 후배들을 잡아 놔야 되는데, 주장이 이런 일까지 해야 되겠냐?"

둘은 2학년들부터 엉덩이를 치기 시작했다.

"퍽!"

"퍽!"

"퍽……."

한 사람에 다섯 대씩이었다. 매도 먼저 맞는 게 낫다더니, 곁에서 맞는 소리를 듣는 건 공포심을 더욱 자극시켰다. 바로 곁에 엎드린 길상이나 다른 친구들도 죽을상을 짓고 있었다.

"1학년들은 너희들이 알아서 해! 봐주면, 봐주는 놈한테 곱절로 돌아간다!"

열 명이나 되는 2학년들을 차례로 두들겨 팬 두 선배는 숨을 헐떡거리며 내뱉듯 말했다. 그러자 2학년들이 있는 대로 인상을 쓰며 일어났다.

폭력은 또 다른 폭력을 낳기 마련이었다. 2학년들은 자기들이 맞은 분을 1학년들한테 풀기 시작했다. 한 명이 한 대씩 차례대로 1학년들 엉덩이를 치기 시작했다.

한 명이 한 대씩이라도 맞는 사람에겐 열 대였다. 몸을 비틀며 구르는 아이들이 나오기 시작했다. 준혁이는 열 대를 다 맞을 때까지 이를 악물고 버텼다. 신입생 열두 명 가운데 끝까지 버틴 사람은 준혁이와 몸집이 가장 좋은 일영이뿐이었다.

"앞으로 쓸데없는 말을 하고 다니거나 선배들 우습게 여기고 뺀질거리는 놈은 각오해라."

두 선배는 그렇게 말을 남기고 부실로 돌아갔다.

폭력은 몸에만 상처를 남기는 게 아니라 마음에까지 상처를 남겼다. 축구는 좋았지만 축구부 생활은 초등학교 때와는 차원이 달랐다. 몇 달만 견디면 3학년 선배들은 자기들이 진학할 고등학교로 미리 갈 거였다. 하지만 또 다른 동우 선배나 영태 선배는 나타나기 마련이었다. 그렇다고 다른 학교로 전학 가는 것도 쉽지 않았다. 설령 전학을 간다 해도 거기서 거기일 것이다. 준혁이는 처음으로 단단한 벽과 마주한 느낌이 들었다. 그러나 일은 엉뚱한 데서 불거졌다.

패싸움

“단체 기합?”

오광팔이 싸늘한 어투로 물었다.

“…….”

“단체 기합은 핑계고요. 우리한테 도전장을 낸 거 아닙니까. 우리 멤버를 때렸는데요.”

준혁이가 아무 말 않고 있자 곁에 있던 경민이가 대신 나서며 말했다. 처음 신고식을 치르던 날, ‘웰컴.’이라고 말했던 2학년 선배였다.

“축구부 주장이라고 목에 힘주고 다니는 꼴이라니…….”

오광팔이 혼잣말처럼 중얼거리자 다시 경민이가 부추겼다.

“이번 기회에 본때를 보여 줘야 됩니다. 그냥 있으면 다른 아이들도 우리를 우습게 본다고요.”

준혁이는 자기 때문에 일이 커지는 것 같아 가슴이 두근거렸다. 그냥 십이신지의 영향력으로 무시당하지 않고 축구부 생활만 하면 그만이라 생각했는데, 전혀 엉뚱한 쪽으로 일이 번지는 것 같았다.

“다 같이 받은 기합인데요. 저는 괜찮습니다.”

준혁이의 변명에 오광팔이 낮은 목소리로 말했다.

“준혁이 너는 최동우한테 전해라. 내일, 강당 뒷마당에서 내가 보잔다고. 시간은 밤 9시다. 다른 아이들은 모두 떼 놓고 나오라고 해. 최동우……. 언젠가는 한번 봐야 될 놈이었어.”

준혁이는 어째야 좋을지 갈피를 잡을 수 없었다. 오광팔의 말을 전한다면 일이 크게 벌어질 것 같고, 그렇다고 무시할 수도 없는 노릇이었다. 그러나 마음 한쪽에는 이번 기회에 동우 선배한테 본때를 보여 주고 싶다는 생각도 들었다.

‘나도 모르겠다. 내가 부추긴 것도 아닌데, 뭐.’

자기한테는 아무런 책임도 없다는 생각이 들자 준혁이는 마음이 좀 가벼워졌다. 오히려 동우 선배가 이번 기회에 혼이 났으면 좋겠다는 생각까지 들었다.

동우 선배한테 말을 전한다는 건 그리 쉬운 일이 아니었다. 막상 말을 하려니 자기 꼴이 우스웠다. 마치 밖에서 맞고 들어와 힘 센 형한테 고자질한 것처럼 되어 버렸다. 하지만 말을 전하지 않았다가 오광팔한테 당할 걸 생각하니 그건 더 끔찍했다.

"저……. 오광팔 형이 보자는데요."

다음 날, 오후 훈련을 시작하기 전에 준혁이는 동우 선배가 혼자 있는 틈을 타 재빨리 말했다.

무슨 말이냐는 듯 쏘아보는 동우 선배의 눈길을 외면하며 준혁이는 재빨리 남은 말을 쏟아 냈다.

"오늘 밤 9시, 강당 뒷마당으로 혼자 오랍니다."

말을 마친 준혁이는 동우 선배가 뭐라 하기도 전에 등을 돌려 운동장으로 뛰어나갔다. 훈련을 하면서도 준혁이는 동우 선배 눈치를 살폈다. 동우 선배는 아무렇지도 않은 듯 훈련에만 열중하는 것 같았다.

'설마 내가 전한 말이 무슨 뜻인지 모르는 건 아니겠지?'

걱정되면서도 한편으론 동우 선배가 그 자리에 가든 말든 이제는 자기가 상관할 바가 아니다 싶었다.

'모르겠다. 나는 시키는 대로 했으니까.'

준혁이는 애써 자신이 편한 쪽으로 생각했다.

발 없는 말이 천리 간다고, 소문은 항상 앞질러 퍼지기 마련이다. 가장 친한 길상이한테도 별달리 말하지 않았는데도 축구부실 분위기가 심상치 않았다.

"야, 동우 선배 오늘 오광팔이랑 맞장 뜬다며?"

저녁을 먹은 뒤 쉬고 있는데 길상이가 호기심이 가득한 얼굴로 소곤거렸다. 놀란 준혁이가 눈짓으로 길상이를 밖으로 불러냈다.

"누가 그라데?"

"영태 선배가. 벌써 부실에 다 퍼졌다. 3학년 선배들이 같이 갈 거라던데?"

준혁이 얼굴이 굳어졌다.

"모른 척하고 있다가 나중에 살짝 가서 구경하자. 누가 더 주먹이 센지."

길상이는 재미난 구경거리가 생긴 듯 말했다.

'그렇게 단순하게 싸움 구경이나 할 수 있다면 나도 좋겠다.'

준혁이는 길상이에게 속마음을 털어놓을까 하다 그만 입을 다물었다.

"야! 혹시……, 니 때문에? 니, 십이신지 가입했다 아니가!"

준혁이의 굳은 표정을 살피던 길상이가 눈치 빠르게 물었다.

"단체 기합 받은 걸 가지고……."

"니가 일러바쳤나?"

"미, 미쳤나? 사람을 어째 보고."

준혁이는 괜히 뜨끔해 말까지 더듬었다. 자기가 직접 일러바친 것은 아니었지만 모양새는 그렇게 된 거나 마찬가지였다.

"야……, 그라면 일이 커지는데?"

길상이가 심각한 얼굴로 중얼거렸다.

"우리가 어짜겠노. 아무튼 골치 아픈 일에 말려들 것 같다."

준혁이도 무거운 목소리로 중얼거렸다. 길상이와 준혁이는 땀에 전 운동복 빠는 것도 미뤄 두고 운동장에서 서성거리며 시간이 되기를 기다렸다.

둘이서 강당 뒷마당에 갔을 때는 벌써 싸움이 시작되고 있었다. 가로등 불빛을 피해 한쪽 구석에서 3학년들이 빙 둘러선 가운데, 두 사람이 싸우고 있었다. 준혁이는 강당 건물 모퉁이에서 숨어 보는데도 가슴이 걷잡을 수 없이 뛰었다.

"야, 오광팔이 진짜 잘 싸운다. 저 날랜 동작 봐라. 저러니까 십이신지 짱이지! 잘한다. 그렇지! 동우 선배, 오늘 임자 만났네. 아이고, 내 속이 다 시원하다."

그동안 동우 선배한테 당한 분풀이라도 하는 듯 길상이는 고소해했다. 동우 선배가 힘만 가지고 덤벼든다면 오광팔은 싸우는 방법을 알고 있는 것 같았다. 상대방의 허점을 이용해 재빠르게 몸을 피하면서 결정적인 주먹을 날리는 게 예사롭지 않았다.

그때 오광팔의 일방적인 주먹질을 지켜보던 3학년 축구 부

원들이 달려들고 십이신지 멤버들이 가세하면서 패싸움으로
커지고 말았다.

준혁이와 길상이가 어쩔 줄 몰라 허둥거리고 있는데 운동장
으로 들어서는 자동차의 불빛이 보였다. 근처 파출소에서 순찰
을 나온 경찰차였다.

"형, 경찰! 경찰차 옵니다!"

길상이와 준혁이가 동시에 고함을 질렀다. 순식간에 싸움을
멈춘 아이들은 어디론가 흩어져 버렸다.

제2부
GO! 브라질!

안녕, 대한민국

솜털 같은 구름이 겹겹이 깔린 하늘이었다. 눈부시게 흰색, 우윳빛처럼 흰색, 투명한 흰색. 색깔도 무척 다양했지만 모양도 갖가지였다. 높은 산봉우리가 있는가 하면 까마득한 낭떠러지도 있었다. 엄청나게 큰 공룡 모양 구름이 용틀임을 하는가 싶더니 어느 순간 복슬복슬한 양떼 모양으로 변해 몰려가기도 했다. 준혁이는 비행기 창문을 통해 구름을 바라보며 그 빛깔과 변하는 모양에 넋을 놓고 있었다. 어느새 그 구름 위에 자기가 서 있었다.

'이상하다. 떨어지지 않네?'

발은 마치 푹신한 잔디밭을 디디고 있는 것 같았다. 펄쩍거리며 뛰고 있는데 흰 구름 기둥 뒤에서 축구공이 날아왔다. 모습은 보이지 않는데 커다란 발이 자꾸만 공을 차 보내고 있었다. 준혁이는 날아오는 공을 잡아 멋지게 슛을 날렸다. 운동장을 달릴 때마다 아프던 무릎이 하나도 아프지 않았다. 한 번, 두 번, 세 번……. 준혁이 몸은 튀어 오르는 공처럼 가볍고 날렵했다. 그러다 번쩍 눈이 뜨였다.

"꿈이었구나!"

창을 통해 들어오는 희미한 빛. 방 안은 아직 어둠이 가시지 않았다.

'드디어 떠나는 날이다.'

준혁이는 침대에 누운 채 가만히 중얼거렸다. 수많은 생각들이 되감기 중인 필름처럼 머릿속을 재빠르게 지나갔다. 많은 일이 한꺼번에 일어나고 또 한꺼번에 사라져 버린 것 같았다.

패싸움 때 동우 선배는 고막을 다친 모양이었다. 그것 때문에 동우 선배 아버지가 감독 선생님에게 항의했고 감독 선생님은 준혁이가 십이신지라는 불량 서클에 가입한 것을 알게 되었다. 축구부 전체 분위기도, 학부모들 눈길도 준혁이에게 곱지만은 않았다. 일부 학부모들은 그런 불량 서클에 가입한 학생을 축구부에 둘 수 없다고 목소리를 높였다. 감독 선생님 입장에서는 그렇다고 준혁이에게 축구를 그만두게 할 수는 없는 일이었다. 무엇보다 준혁이의 재능이 아까웠기 때문이다.

학부모 회의가 끝난 며칠 뒤, 감독 선생님이 준혁이 엄마를 따로 불렀다.

"제 동생이 브라질에서 축구 에이전트 일을 하고 있습니다. 준혁이를 그 동생한테 맡기는 게 어떨까요? 준혁이는 싹이 보이는데 여기서 그만두기엔 너무 아깝습니다. 돈도 여기서 드는 정도로 한번 알아보겠습니다."

감독 선생님은 오래 고민한 듯 무거운 목소리로 말했다.

"저는 감독 선생님만 믿겠습니다. 뒷바라지는 제가 어떻게 해서라도 할 거니까, 감독 선생님 자식이다 생각하고 야를 인간 만들어 주이소."

엄마는 모든 걸 감독 선생님에게 맡기며 매달렸다.

인간의 운명이란 미리 정해진 어떤 궤도를 따라 움직이는 것인지도 몰랐다. 먼저 축구 유학을 떠나는 친구들을 보면서 막연하게 꿈꾸어 봤던 유학이었다. 하지만 이렇게 자기 일이 될 줄은 몰랐다. 당황스럽긴 했지만 준혁이의 가슴속에는 축구에 대한 열망이 조용히 타올랐다.

세계적인 시합 때마다 경기장에 울려 퍼졌던 함성과 열기. 시간이 흐를수록 그 기억은 준혁이의 마음속에서 더 또렷이 살아났다. 국가 대표 선수가 되어 언젠가는 자기도 그 자리에 서겠다는 꿈. 막연하기도 했지만 한 번도 의심해 보지 않았던 꿈이기도 했다.

준혁이는 가만히 고개를 돌려 방 안을 살펴보았다. 자기 덩치보다 더 큰 가방과 그보다 조금 작은 가방. 두 가방에는 앞으로 생활하는 데 필요한 것들이 들어 있었다. 그리고 배낭이 하나. 거기에는 휴대용 엠피쓰리와 이어폰, 비행기표와 여권, 간단한 세면도구와 지갑, 그리고 소정이한테 받은 책이 들어 있었다.

막상 떠난다 생각하니 준혁이는 기분이 이상했다. 기쁜 건지, 슬픈 건지. 불안한 것 같으면서도 붕 뜬 느낌. 어제 마지막으로 만났던 친구들의 얼굴이 하나하나 떠올랐다.

"준혁아, 꼭, 꼭! 성공해서 돌아오너라. 넌 할 수 있을 거다!"

초등학교 때부터 함께 축구를 했던 친구들. 길상이와 일영이, 지영이와 민우는 눈물을 글썽거리며 안아 주었다.

"몸조심하고, 열심히 해라!"

걱정과 부러움이 섞인 눈길로 격려해 주던 축구 부원들.

그리고……, 소정이!

하얀 얼굴에 웃을 때면 살짝 드러나는 덧니가 예쁜 소정이 얼굴이 떠올랐다.

"이제 한국은 잊어버리고 앞만 보고 열심히 달려가. 넌 할 수 있을 거라 믿어."

"편지해 줄 거제?"

"한국은 잊어버리라고 했잖아! ……널, 잊지 않으면 편지 하겠지. 그렇지만 기대는 하지 마. 눈에서 멀어지면 마음에서도 멀어진다는 서양 속담도 있잖아. 나는 내 일에만 신경 쓸 거야. 그러니 너도 축구만 생각해. 그게 네가 할 일이야. 이건 내가 주는 선물이다. 힘들 때 네가 좋아하는 음악 들으며 읽어 봐."

준혁이의 안타까운 마음을 아는지 모르는지, 소정이는 상글거리며 예쁘게 포장한 선물을 내밀었다.

'눈에서 멀어지면 마음에서도 멀어진다고……? 남의 속도 모르고. 깍쟁이 같은 가시나…….'

준혁이는 자기도 모르게 가벼운 한숨을 내쉬었다. 메신저를 통해 쪽지는 자주 주고받았지만 직접 만난 건 함께 영화를 본 뒤로 두어 번뿐이었다.

떠나기 전 마지막으로 만났던 소정이는 얄미울 만치 예뻤다. 힘들 때마다 볼 거니 같이 스티커 사진 한 장만 찍자고 아무리 부탁해도 끝끼지 도리질했다.

'지금 이럴 때가 아니지!'

준혁이는 벌떡 일어나 화장실로 들어갔다. 샤워 꼭지에서 쏟아지는 차가운 물. 머리에서부터 온몸으로 맑은 기운이 뻗쳐 나갔다.

아침을 먹고 준혁이는 엄마에게 큰 절을 드렸다.

"브라질은 한국하고 다르다 카니……, 다른 생각은 하지 말고 운동만 열심히 해라. 싸움질 같은 거 절대로 하면 안 된다. 우짜든지, 불뚝거리는 그 성질 좀 죽이고. 그라고 몸조심하고……."

유학 가기로 결정한 뒤 엄마는 준혁이를 볼 때마다 하던 말을 되풀이했다.

"걱정 마이소. 이제 정말 축구만 열심히 할 껍니다."

준혁이는 오히려 엄마가 더 걱정스러웠다.

"혼자 있어도 밥 잘 챙겨 드시고……, 장사한다고 너무 무리하지 말고요."

말을 하는데 목이 꽉 메어 왔다. 준혁이는 꿀꺽 침을 삼키고 일어섰다.

아파트 화단, 경비실의 경비 아저씨. 매일 지나다녔던 마을 길. 슈퍼, 약국, 유치원, 은행……. 모든 것들이 특별한 느낌으로 와 닿았다.

'언제 다시 볼 수 있을까?'

분명 다시 돌아올 건데도 너무 까마득하게 느껴졌다. 비행기를 타려고 공항으로 가고 있는 것도 전혀 실감 나지 않았다. 김해 공항에서 인천행 비행기를 타고 가는 동안에 엄마는 한 번도 준혁이의 손을 놓지 않았다. 인천 공항에서는 감독 선생님의 동생인 황성태 선생님이 준혁이를 맞아 주었다. 브라질 프로선수를 한국 프로구단에 소개하러 나왔다 들어가는 길에 준혁이를 데려가기로 한 것이었다.

"엄마, 걱정 마이소. 자신 있습니다."

일 년 내 앞치마를 두르고 과일을 파는 엄마. 구부정한 엄마의 어깨를 안으니 눈물이 핑 돌았다. 비로소 떠난다는 실감이 났다.

"집 생각은 하지 말고……, 몸조심해라."

엄마 목소리도 떨리고 있었다. 게이트로 들어가기 전 준혁이는 들고 있던 휴대전화를 보며 망설였다.

'마지막으로 소정이한테 전화해 보까……?'

그러나 소정이에 대한 집착을 무지르기라도 하듯 휴대전화를 엄마에게 건넸다. 언제 올지 모르는데 마지막으로 전화 한 통화 더 한다고 아쉬움이 없어지는 것도 아닐 테니까.

황성태 선생님과 준혁이를 태운 비행기는 굉음을 울리며 인천 공항을 이륙했다. 비행기는 붉게 물들어 가는 저녁노을 속으로 솟구쳐 올랐다.

'안녕, 대한민국! 나는 다시 돌아올 거다. 기다려라, 그날까지.'

이미 지나가 버린 과거는 우리를 불안하게 만들지 않는다.

우리를 불안하게 하는 것은 다가오지 않은 미래다. 무슨 일이 일어날지 알 수 없기 때문에 미래는 늘 불안한 것이다. 부모님과 친구, 그리고 사랑하는 모든 사람들. 그들을 떠나 낯선 곳에서 시작될 새로운 생활. 불안은 불수록 커지는 풍선처럼 점점 부풀어 올랐다.

잊을 것은 잊어버려, 답답한 건 털어 버려, 버릴 것은 다 버려 버리고 다시 한 번 시작해.

속으로 노래를 부르며 준혁이는 크게 숨을 들이쉬었다. 몇 번 호흡 조절을 하고 나니 차츰 마음이 안정되어 갔다. 그리고 새로운 생활에 대한 기대가 가슴속에서 조용히 피어오르기 시작했다.

어두워지기 시작하는 하늘 아래 한국 땅은 하나 둘 불을 밝히기 시작했다. 그 불빛은 차츰 멀어지더니 이윽고 사라져 버렸다.

멀고 먼 쿠리치바

황 선생님은 비행기 안에서 앞으로 함께 지낼 아이들에 대해 이야기해 주었다.

"너랑 나이가 같은 아이가 두 명, 너보다 두 살 적은 아이가 한 명, 그리고 살롱 축구를 배우는 아이가 한 명 있어."

"살롱 축구가 뭔데요?"

"실내 축구야. 한국에서는 어릴 때부터 운동장에서 공을 차지만, 브라질에서는 실내에서 하는 축구부터 시작해. 어릴 때는 아직 체력이 약하니까 실내에서 공을 가지고 놀며 발 기술을 익히는 거지. 살롱 축구부터 시작한 아이들은 잔디 구장에 나와서도 공을 다루는 발놀림이 다른 아이들과는 달라. 정식으로 축구를 배우는 아이들은 대부분 살롱 축구부터 시작해."

"그래서 브라질 선수들이 개인기가 뛰어난 거네요. 저랑 나이가 같은 아이 둘은 선수가 되었나요?"

"걔네들은 이 년 전에 브라질에 와서 프로 팀에서 인판츄 선수로 뛰고 있어."

"인판츄 선수요?"

"어린이 팀 선수를 말하는 거야."

"와……! 벌써 선수로 뛴다고요?"

자기보다 이 년이나 먼저 유학 온 그 아이들에 대한 호기심 덕분에 다른 걱정은 잠시 잊었다.

'축구는 얼마나 잘할까? 성격은 어떤 아이들일까?'

불안과 기대가 서로 맞물려 혼란스러운 가운데 비행기는 드디어 쿠리치바 공항에 도착했다. 비행기를 타고 하늘에 떠 있는 시간만 스물네 시간이 넘는 여행이었다.

"한국은 가을이지만 여기는 봄이야. 브라질은 땅이 넓기 때문에 지역에 따라 날씨도 다르지. 북쪽 적도 가까운 곳은 일 년 내 여름 날씨지만, 이곳 쿠리치바는 우리나라처럼 사계절이 다 있어. 그러나 남반구와 가까워 우리나라와 계절이 반대지. 뉴질랜드나 호주처럼 말이야."

한국과는 지구 반대쪽에 있는 나라 브라질. 거기다 계절까지 바뀌고 보니 얼마나 멀리 왔는지 비로소 실감했다. 쿠리치바. 그 멀고도 낯선 땅에 준혁이는 조심스레 첫발을 내디뎠다.

잊을 것은 잊어버려, 답답한 건 털어 버려, 버릴 것은 다 버려 버리고 다시 한 번 시작해.

인디 밴드 '럭스'의 「부둣가」였다. 이곳까지 오는 비행기에서 속으로 수도 없이 불렀던 노래. 답답할 때, 일이 풀리지 않아 속상할 때. 시합에 져서 의기소침할 때마다 불렀던 노래. 「부둣가」는 이제 준혁이한테 주문처럼 되어 버린 노래였다.

극성스러웠지만 따뜻한 엄마의 보살핌. 초등학교 때부터 함께 축구를 했던 친구들. 걱정하고 지켜보는 감독 선생님. 그리고 길상이와 민우, 소정이. 자기와 엄마를 두고 떠나 버린 미운 아버지까지……. 이제부터 당분간은 다 잊어버려야 할 사람들이었다.

쿠리치바는 무척 넓고 시야가 확 트인 도시였다. 시내로 들어가는 길에는 넓은 들판이 끝도 없이 펼쳐져 있었다. 눈길 닿는 어디에도 산은 보이지 않았다. 집에 도착하자 아이들이 우르르 뛰어나왔다.

"내가 없는 동안 잘 지냈지? 새로 온 친구다. 인사해라."

황 선생님은 아이들에게 준혁이를 소개했다.

"강준혁입니다. 한국에서 중학교 1학년 다니다 왔습니다. 잘 부탁합니다."

준혁이는 손을 내밀어 아이들과 악수했다. 사투리를 쓰면 무시당할 것 같아 표준어로 말했지만 역시나 억양은 교과서를 읽는 것처럼 어색했다.

"난 최대식이다. 브라질에 온 지 이 년 됐어."

눈매가 매섭게 생긴 아이가 먼저 자기소개를 했다. 대식이는 키도, 몸도 준혁이와 비슷했다.

"나는 고형택이라고 해. 대식이랑 같이 이 년 됐어."

형택이는 나이는 같은데 키는 준혁이보다 조금 작았다. 여드름이 빽빽한 얼굴에 치아 교정기를 하고 있는 아이였다. 이목구비가 뚜렷해 여드름만 없고 입을 다물면 영화배우처럼 보일 얼굴이었다.

"저는 배용철입니다. 올 3월 브라질에 들어왔어요. 선생님께 전화로 이야기 들었어요. 저보다 두 살 많다면서요?"

용철이는 나이는 적었지만 키가 준혁이보다 머리 하나는 더 컸다. 호리호리한 몸에 아이들 가운데 키가 가장 큰 아이였다.

"헤헤…… . 저는 김봉수입니다."

땅딸한 키에 동글동글하게 생긴 얼굴. 눈도 동그랗고, 몸도 오동통한 것이 봉수는 전체적으로 둥근 느낌이 들었다. 봉수는 웃는 눈매도 동그라니 아주 귀여웠다. 초등학교 2학년 때 브라질에 와서 살롱 축구부터 배우고 있다고 했다.

집은 시내에서 조금 떨어진 조용한 곳에 자리 잡은 단독 주택이었다. 대문을 들어서면 잔디밭이 있고 뒷마당도 있었다. 단층으로 된 집은 거실과 부엌이 따로 있었고 커다란 방이 두 개, 그보다 조금 작은 방이 두 개였다. 생각했던 것보다 제법 넓은 집이었다.

"대식이와 형택이가 작은 방을 하나씩 쓰고 있으니 준혁이는 용철이와 봉수가 쓰는 큰방을 쓰도록 해라. 큰방이 하나 비어 있지만……. 혼자 큰방을 쓰는 것보다 함께 쓰는 게 더 좋겠지? 셋이 써도 전혀 비좁지 않을 거다."

황 선생님은 준혁이를 다른 아이들과 함께 방을 쓰게 했다. 준혁이도 그러는 편이 이곳 분위기에 적응하는 데 더 좋을 것 같았다.

"짐 정리하고 쉬고 있어라. 집에 갔다 점심때 올게."

황 선생님은 아이들 부모님이 보낸 물건들을 풀어 놓더니 자기 집으로 갔다. 준혁이는 가방을 풀고 자기가 사용할 옷장에다 옷가지와 물건들을 정리하기 시작했다. 아이들은 한국에서 부모님이 보낸 상자를 풀며 환호성을 질러 댔다.

'엄마한테 잘 도착했다는 얘기부터 드려야지.'

준혁이는 아이들 모습을 바라보며 전화 수화기를 들었다.

브라질 이름 쥬니

오전 9시가 되니 어떤 아주머니가 왔다. 집안일을 해 주는 아주머니였다. 잿빛 머리에 키는 작고 뚱뚱한 백인 아주머니였다. 봉수가 유창한 포르투갈 어로 아주머니께 준혁이를 소개했다. 봉수는 가장 어렸지만 브라질에서 쓰는 포르투갈 어는 가장 잘했다.

"한국에서 온 형인데요, 이름은 강준혁이에요."

쌍꺼풀이 진 동그란 눈에 함박웃음을 담으며 아주머니는 고개를 끄덕였다. 웃는 얼굴이 이웃집 아주머니처럼 친근하게 느껴졌다.

"안녕하세요? 잘 부탁드립니다."

준혁이는 웃으며 한국말로 말했다.

"주녁? 주녀? …… 쥬니!"

"오! 형. 이제부터 쥬니라 부르면 되겠다. 브라질 이름 쥬니! 우리는 아주머니를 '지아'라고 불러."

지아가 준혁이 이름을 어설프게 부르자 봉수가 웃으며 맞장구쳤다.

'쥬니'.

준혁이는 그 이름이 마음에 들었다. 지아는 아침 9시에 출근해서 식사를 준비했다. 그리고 오후 5시까지 집안 청소와 빨래를 한 다음 퇴근한다고 했다.

아이들은 저마다 빵과 우유로 간단한 아침을 먹은 다음 클럽으로 가거나 학교로 갔다. 대식이와 형택이는 야간 학교를 다니고, 용철이와 봉수는 오전에는 학교에 가고 오후에만 클럽에 나가 운동한다고 했다.

준혁이는 혼자 남아 나머지 짐들을 정리한 다음, 집 근처를 둘러보았다. 오랜 시간 비행기를 타서 피곤했지만 앞으로 살 곳이 어떤 곳인지 정말 궁금했다.

쿠리치바는 세계에서 살기 좋은 5대 도시에 꼽힐 만큼 사계절이 뚜렷한 기후에다 시 전체가 친환경적으로 조성된 도시였다. 높은 건물은 시내를 중심으로 일정 지역에만 들어서 있고, 주택가는 나무와 숲이 적절하게 조화를 이루고 있어 아주 아름다웠다. 황 선생님 말로는 도시 곳곳에 숲이 우거진 넓고 아름

다운 공원도 많다고 했다.

점심때가 되자 아이들이 돌아왔다. 잠시 집에 가셨던 황 선생님도 다시 왔다. 아이들은 저마다 샤워를 한 다음 부엌으로 모였다. 식탁에는 지아가 만든 점심이 차려져 있었다.

치즈와 토마토소스를 올려 구운 쇠고기, 소금을 뿌려 구운 돼지갈비, 그리고 야채샐러드. 거기다 콩과 고기를 넣어 삶은 걸쭉한 죽이 놓여 있었다.

"봉수야, 저게 뭐고?"

다른 음식은 대충 뭔지 알겠는데 죽 이름이 뭔지 궁금했다.

"저건 페이정이라고 하는데, 밥에 끼얹어 먹는 거예요."

"맛있냐?"

"히히, 전 별로예요."

봉수는 싱글거리며 대답했다.

준혁이는 다른 아이들이 하는 것처럼 접시를 들고 밥통에서 밥을 먹을 만큼 꺼내 담았다. 찰기라곤 없는 푸슬거리는 밥이었다.

"한국에서 먹던 밥하고 다르지? 안남미로 지은 밥이라 그래."

황 선생님이 웃으며 설명해 주었다. 준혁이는 고개를 끄덕이며 담아 온 밥에다 페이정을 끼얹었다. 그러고는 자기 접시에 고기와 야채샐러드를 덜어서 먹었다. 앞으로 지내야 할 동네나

집, 음식 등은 생각보다 모두 괜찮았다. 준혁이는 비로소 마음이 놓였다.

점심을 먹은 뒤 아이들은 다시 클럽으로 나갔다.

"피곤할 테니 오늘은 푹 쉬어라."

황 선생님이 그동안 미뤄 두었던 일들을 보러 나가며 말했다. 준혁이는 당장이라도 운동을 하고 싶었다. 그러나 열두 시간이 넘는 시차를 극복하려면 며칠 동안 몸을 잘 조절해야 했다. 준혁이는 방으로 들어가 음악을 들으며 새 일기장을 펼쳤다. 낯선 환경과 낯선 사람들. 엄청난 변화 앞에서 두렵고 복잡한 마음이 자연스럽게 무언가를 적게 만들었다.

같은 실수를 반복하지 말 것.

그날그날 했던 일과 생각들을 정리할 것.

떠나오기 전 소정이가 책과 함께 준 일기장의 첫 장에 글을 조각하듯 꾹꾹 눌러 적었다. 멀리 떨어져 있는 소정이가 가슴속에 들어와 있는 것 같았다.

'같은 실수를 두 번 다시는 반복하지 않을 거다.'

준혁이는 다시 한 번 속으로 다짐했다.

이틀이 지난 다음 준혁이는 황 선생님을 따라 학교에 갔다.

브라질 학교는 초, 중, 고등학교로 나누어져 있지 않고 통합해서 십일 년 과정이었다. '프리메이루 뚤수'라는 팔 년 과정과 '세군두 뚤수'라는 삼 년 과정으로 되어 있었다. 준혁이는 프리메이루 뚤수 육 년째 과정에 들어가 공부를 하게 되었다.

"언어를 잘 모르기 때문에 힘들 거다. 친구들을 사귀고 포르투갈 어를 공부한다는 생각으로 다녀 봐. 선생님께 네 사정을 잘 말씀드려 놨다. 따로 포르투갈 어를 공부할 수 있도록 배려해 주실 거다."

'말도 할 줄 모르는데 잘 적응할 수 있을까?'

긴장과 두려움으로 시합 나갈 때처럼 가슴이 두근거렸다.

담임 선생님은 나이를 짐작할 수 없는 뚱뚱한 여자로 백인과 인디오 혼혈인이었다. 영어로 간단한 인사말을 건네는 선생님에게 준혁이는 꾸벅 허리를 굽히는 걸로 인사를 대신했다. 담임 선생님은 그런 준혁이를 보고 고개를 끄덕이며 웃었다. 마음을 푸근하게 만드는 웃음이었다.

쉬는 시간에 아이들이 준혁이 자리로 몰려왔다. 흑인, 백인, 인디오들. 거기다 혼혈인까지. 다양한 사람들과 한자리에 있다는 건 낯설면서도 색다른 느낌이었다. 한국에만 사람들이 사는 게 아니었다. 한 번도 가 보지 못한 나라, 가 보지 못한 땅에도 사람들은 그들만의 고유한 문화를 만들어 가며 어울려 살아가고 있었다. 머리로 이해하던 것과 직접 몸으로 체험해 보는 것은 달랐다. 준혁이는 자기가 속한 세계만이 전부인 줄 알고 살아왔던 게 얼마나 좁은 생각이었는지 머릿속에서 무언가 확 터지는 느낌이 들었다.

'지구촌! 나도 지구촌의 한 사람이구나.'

낯선 아이들에 대한 경계가 스르르 풀리는 것 같았다.

"너는 어느 나라에서 왔니?"

옆 자리에 앉은 남자 아이가 영어로 물었다. 짙은 갈색 피부를 가진 아이였다. 포르투갈 어라면 힘들겠지만 영어로 간단한 자기소개 정도는 준혁이도 자신 있었다.

"난 한국에서 왔어. 2002년 월드컵이 열린 나라 한국."

"아! 나 그 나라 잘 알아. 그때 너네 나라가 4강까지 올랐지?"

"그래. 우승은 너희가 하고! 나는 너네 나라 축구를 배우려고 왔어."

브라질은 역시 축구의 나라다웠다. 어설픈 영어와 손짓 발짓으로 아이들과 축구 이야기를 하다 보니 금세 친구가 된 것 같았다. 서로 다른 피부 색깔은 아무런 문제도 되지 않았다. 수업 내용은 아직 이해가 안 되었지만 준혁이는 선생님이 주신 교재를 가지고 포르투갈 어를 공부했다.

학교생활에 조금씩 적응해 갈 무렵 황 선생님은 쿠리치바 축구 클럽으로 준혁이를 데리고 갔다. 대식이와 형택이가 운동을 하고 있는 클럽이었다. 올 3월에 들어온 용철이는 아직 연습생이었지만, 대식이와 형택이는 이미 클럽의 인판츄 팀에서 선수로 뛰고 있었다.

"브라질은 축구의 나라답게 프로 팀만 천오백 개가 넘지. 브라질 전체에서 1, 2, 3부로 나뉘어 리그가 벌어지고 각 주(州)마다 다시 1, 2, 3부 팀들이 있단다. 쿠리치바 축구 클럽은 브라질 전체에서 1부에 속하는 큰 클럽이야."

황 선생님은 자세하게 설명을 늘어놓았다.

"몇 살부터 인판츄 선수로 뛸 수 있는데요?"

"열네 살부터 열다섯 살까지 인판츄, 열여섯에서 열일곱은 쥬베뉴, 열여덟 살부터 스무 살까지는 주니어 선수로 뛸 수 있지. 인판츄 나이지만 실력이 아주 뛰어나면 쥬베뉴에서 뛸 수도 있고, 쥬베뉴에서도 주니어로 올라갈 수도 있고. 주니어가 되면 이미 프로로 뛰는 선수도 많아."

"클럽 선수가 되면 학교는 안 다닙니까?"

준혁이는 선수들의 나이와 학년을 꼽아 보며 다시 물었다.

"브라질은 의무교육이란 게 없어. 잘사는 사람들은 자식들에게 공부를 많이 시키지만 가난한 집에서는 학비가 너무 비싸

공부를 안 시키는 경우가 많단다. 축구를 하는 아이들 가운데
는 개인교사를 들여 공부하는 아이도 있지만 형편이 어려운 아
이들은 일찍부터 학업은 포기하고 축구로 성공하겠다고 많이
나서지. 그렇지만 쿠리치바 축구 클럽은 선수들에게 모두 야간
학교에 다니게 한단다. 아직 어린 선수들이 만약 축구를 그만
두더라도 다른 일을 할 수 있게 하려는 거지."

"선수들이 시합을 하러 가면 학교에 빠지는 날도 많을 건데
요?"

"그렇지. 하지만 학교에서도 그런 경우는 대부분 봐 준단다.
우리나라도 중, 고등학교 선수들은 수업에 안 들어가도 졸업을
시켜 주는 것처럼 말이야."

"네……. 클럽의 주경기장은 어디에 있는데요?"

"주경기장과 선수들 숙소는 쿠리치바 시내에 있고 연습 구
장은 시 외곽 지역에 자리 잡고 있지. 지금 우리가 가는 곳은
연습 구장이야. 나중에 연습 마치고 집으로 가는 길에 주경기
상이랑 신수 숙소를 둘러보자. 자……, 다 왔다."

황 선생님은 커다란 나무가 우거진 건물 앞에 차를 세웠다.
높게 쳐진 철망 사이로 잔디가 깔린 구장이 보였다.

"우아!"

초록 잔디가 융단처럼 깔린 연습 구장. 준혁이는 자기도 모

르게 감탄사가 튀어나왔다. 흙먼지가 날리는 운동장에서 공을 차던 준혁이에게 잔디가 깔린 축구장은 부러움 그 자체였다.

'이제부터 시작이다! 지금은 연습생이지만 언젠간 나도 정식 선수가 될 거다.'

초등학교 때 처음 축구부에 들어가 유니폼을 입었던 순간처럼 가슴이 설렜다.

감독과 코치에게 인사를 하고 준혁이는 유니폼과 양말 등 용품을 받았다. 선수들이 입는 것과 똑같은 유니폼이었다. 연습생에 불과했지만 팀 유니폼을 입고 잔디 구장을 달리는 마음은 하늘을 나는 것 같았다.

"헤이! 여기!"

공을 잡고 패스하려고 살피는 선수에게 준혁이가 고함을 질렀다. 그러나 그 선수는 재빨리 다른 선수에게 패스를 하고 준혁이를 보며 놀리듯 웃었다. 처음엔 준혁이도 그냥 웃고 넘어갔다. 새로운 선수에게 잘 패스해 주지 않는 건 한국에서도 흔히 있는 일이었다. 그런데 자꾸 그런 일이 반복되었다.

'이건 아닌데!'

뭔가 잘못되어 가고 있다는 느낌이 들었다.

쿠리치바 같은 대도시의 큰 구단에 속한 선수들은 자기 나라가 축구만은 세계 최고라는 자부심이 대단했다. 한국이라는 조그만 나라에서 축구를 배우러 온 준혁이 같은 연습생은 처음부터 무시했다. 열심히 뛰었지만 어떤 날은 공 한 번 차 보지 못하고 연습을 마치는 경우가 허다했다.

'적응하는 거……, 어쩌면 내가 생각했던 것보다 훨씬 더 힘들지 모르겠다.'

준혁이는 이를 앙다물었다.

"헤이, 말시오. 요즘 컨디션이 좋은 것 같아. 아주 날아다니네."

"오늘은 슛이 잘 안 됐어. 하지만 내일은 잘할 거야."

"이번 주말에 파티 초대받았는데 같이 갈 사람? 친구들이랑 함께 오라고 그랬어."

"정말? 여자 애들도 오는 거야?"

"그럼. 아주 멋진 여자 애들도 많이 온다 그랬어."

연습을 마치면 아이들은 자기들끼리만 이야기했다. 준혁이한테 말을 걸어 주는 친구는 아무도 없었다. 대식이와 형택이는 그런 브라질 아이들과 어울려 가 버리곤 했다. 가끔 형택이는 살가운 눈길로 준혁이에게 말을 걸 듯 머뭇거리곤 했다. 하지만 대식이가 곁에 있으면 전혀 그런 내색을 하지 않았다.

'내가 빨리 적응하면 자기들 경쟁 상대가 될까 봐 그러는 건가? 나를 반가워하지 않는데…….'

먼저 굽히고 들어가긴 싫다는 오기가 마음속에 생기기 시작했다. 그렇다고 감독이나 코치도 연습생인 준혁이에게 관심을 가져 줄 리 만무했다. 그 대신 축구공이나 물통을 나르는 일 등, 허드렛일은 모두 준혁이 차지였다. 준혁이는 한 달 가까운 기간을 클럽에서 말 한마디 못하고 왔다 갔다 했다. 그리고 시즌이 끝났다. 클럽은 두 달 동안 여름휴가에 들어갔다.

"제대로 공 한번 못 차고 휴가잖아!"

준혁이는 맥이 탁 풀렸다.

함께 지내는 아이들은 다시 엘시오라는 코치와 운동을 시작했다. 황 선생님이 휴가 기간에 따로 코치를 고용해서 운동을 할 수 있게 해 준 것이었다.

서른 중반의 엘시오는 브라질 축구 선수 호나우두와 비슷하게 생겼다. 키는 호나우두보다 작았지만 야윈 편이라 살이 빠진 호나우두처럼 보였다. 프로 팀에서 선수 생활을 했다는 엘시오는 아이들을 참 좋아했다.

아이들은 아침 9시가 되면 근처 공원에 나가서 체력과 근력을 키우는 운동을 했다. 그리고 오후에는 조금 멀리 떨어진 잔디 구장에 가서 볼 키핑과 트래핑, 드리블, 패스, 슈팅 등 여러 가지 기본 기술을 배웠다.

'시합을 뛰어야 실력이 늘지. 매일 공 가지고 장난치듯 해서 언제 선수가 되겠노? 처음 축구를 시작하는 것도 아닌데 기본기는 무슨 기본기고? 하……. 답답해! 대식이와 형택이는 벌써 선수로 뛰고 있는데.'

오자마자 선수가 되고 싶은 욕심에 준혁이는 몸이 달았다. 운동을 마치고 집에 돌아오면 아무것도 할 일이 없었다.

"준혁이 형, 만화영화 봐요."

봉수와 용철이가 텔레비전 앞에서 준혁이를 불렀다.

"됐어. 너희들이나 봐라. 지금 만화영화 보며 웃을 기분 아니다."

준혁이는 불뚝 맞게 내뱉고는 욕실로 들어갔다. 샤워를 하고 나오는데 형택이가 자기 방에서 나와 대식이 방으로 슬그머니 들어가더니 문을 닫았다. 무얼 숨겨서 들어가는 것 같았다.

"킥킥! 야 ……, 정말 멋진데?"

"히히힛!"

닫힌 방문 안에서 대식이와 형택이의 키득거리는 웃음소리가 들려왔다. 준혁이는 신경질이 잔뜩 담긴 눈길로 방문을 흘겨봤다. 굳게 닫힌 방문이 대식이와 형택이의 마음처럼 느껴졌다.

준혁이는 늘 얼굴을 찌푸리고 있었고 말수는 점점 줄어들었다. 마음을 털어놓을 상대가 필요했지만 주위에는 아무도 없었다.

‘무인도에 혼자 떨어진 기분이 이럴까? 소정이는 아직 편지 한 장도 없고. 하긴, 벌써 나를 잊었는지도 모르지. 블로그에도 통 들어오지도 않고……. 이럴 때 소정이 편지라도 오면 얼마나 좋을까!’

한글 파일을 깔아 놓은 동네 피시 방에 가서 메일도 보내고, 블로그에 글을 올려놔도 소정이는 묵묵부답이었다. 생각하지 않으려 애를 쓸수록 소정이의 얼굴은 더욱 또렷이 떠올랐다. 가슴 깊은 곳에서 아릿한 통증과 함께 자신도 모르게 한숨이 나왔다.

“눈에서 멀어지면 마음도 멀어진다고? 그런데 나는 왜 그렇게 안 되지?”

준혁이는 침대에 벌렁 드러누웠다. 천장에서 소정이가 빙그레 웃고 있었다.

“미쳤나! 헛게 다 보이고…….”

눈을 질끈 감았다 다시 떴다. 소정이는 여전히 생글거리며 준혁이를 보고 있었다.

‘소정아……!’

준혁이는 간절한 마음으로 소정이 이름을 불러 보았다.

잘하는 건 축구밖에 없으면서

무더위 속에 크리스마스가 다가왔다. 거리마다 캐럴송이 울려 퍼지고 상점 쇼윈도에는 반짝거리는 크리스마스트리 아래 곱게 포장한 선물 상자들이 쌓였다.

밤이 되면 집집마다 앞마당에 꼬마전구로 만들어진 산타클로스, 루돌프 사슴, 눈사람 같은 크리스마스 장식이 불을 밝혔다. 낮에는 사람이 없는 것처럼 조용하고 한적한 집들이 밤이 되면 알록달록 전구들로 불꽃 잔치를 벌였다.

사람들은 한 해 동안 번 돈을 크리스마스에 다 쓰기로 작정한 것처럼 선물을 준비하고 설레는 마음으로 크리스마스를 기다렸다. 계절만 다를 뿐이었지 크리스마스 분위기는 한국보다 훨씬 더 흥성거렸다.

그렇지만 준혁이와는 아무 상관도 없는 크리스마스였다. 소정이도, 친구들도 카드 한 장 없었다. 엄마도 크리스마스라고 카드를 보낼 만큼 자상한 사람은 아니었다. 외롭고 쓸쓸한 크리스마스였다.

클럽은 아직 휴가 기간이고, 함께 지내는 아이들과 운동만 하는 나날들이 이어졌다. 아무 일도 일어나지 않았고, 새로운 건 아무것도 없었다. 무더위에 데워진 이온 음료처럼 밍밍하고 단조로운 시간들. 준혁이는 너무 심심하고 지루해 몸살이 날 지경이었다. 그러나 하루하루 시간은 한없이 느리게 흘렀지만 지나간 시간은 한순간처럼 느껴지기도 했다.

'유학 와서 벌써 두 달이나 지나 버렸다. 아무것도 한 것 없이……'

아무리 그러지 않으려고 해도 준혁이는 자꾸만 초조했다. 브라질에 오기만 하면 금방이라도 선수가 될 수 있을 것 같았는데 맞닥뜨린 현실은 생각했던 것과 전혀 달랐다. 준혁이는 하루하루 조바심치며 휴가 기간을 보내고 있었다.

점심을 먹은 뒤 훈련하러 잔디 구장에 갔을 때였다. 엘시오가 슈팅하는 자세와 발의 각도 등을 설명하는데 준혁이는 그 말이 한마디도 귀에 들어오지 않았다. 아직 포르투갈 어를 잘 이해하지 못해서만은 아니었다. 당장이라도 선수가 되고 싶은 준혁이에게 엘시오와 함께 하는 운동은 전혀 흥미가 없었다.

‘뭐라 하는지 알 수가 있어야지.’

준혁이는 따분한 얼굴로 서너 걸음 비껴서 축구공을 툭툭 차고 있었다. 잠시 뒤 다른 아이들은 엘시오가 시키는 대로 슈팅 연습을 시작했다. 그제야 준혁이도 느릿느릿 아이들 쪽으로 걸어갔다.

“헤이, 쥬니!”

골대 근처에 서 있던 엘시오가 준혁이를 불렀다.

‘뭐고?’

준혁이가 불퉁한 얼굴로 고개를 돌리는데 슈팅 연습을 하던 대식이가 곱지 않은 눈길로 자기를 바라보는 게 눈에 들어왔다.

“재수 없는 새끼!”

준혁이는 낮게 중얼거리며 바닥에 침을 뱉었다. 엘시오는 준혁이가 가까이 다가올 때까지 조용히 지켜보고 있었다.

“쥬니⋯⋯.”

준혁이가 가까이 다가가자 엘시오는 가만히 준혁이의 이름을 불렀다. 옅은 회색빛이 도는 눈동자에 준혁이의 얼굴이 담겨 있었다. 엘시오가 진지한 목소리로 뭐라 이야기를 했다. 엘시오의 눈빛과 목소리, 그리고 전해져 오는 느낌. 뭔가 자기에게 충고하는 것 같았다.

“아, 답답해! 어이, 봉수야!”

준혁이는 슈팅 연습을 하고 있는 봉수를 불렀다. 봉수는 포르투갈 어를 잘하기도 했지만 나이가 가장 어려 비교적 마음 편하게 대할 수 있는 동생이었다.

"엘시오가 뭐라는지 통역 좀 해 봐라."

엘시오는 고개를 끄덕이더니 준혁이를 보고 다시 진지한 목소리로 말했다.

"형이 여기서 잘 적응하지 못하는 것 같대요."

'다른 사람 눈에도 그렇게 보이는구나.'

준혁이는 조금 뜨끔했다.

"그런데 그 일은 다른 사람 책임이 아니래요."

'그럼, 그게 전부 내 책임이란 말이가? 노력해도 안 되는 걸 어짜노!'

가뜩이나 속상한데, 울컥 화가 솟았다.

"지금처럼 그러면 아무도 도와주지 않을 거라는데요."

'필요 없다! 누가 도와 달라 했나?'

준혁이는 목까지 올라오는 말을 삼키느라 입술을 깨물었다.

"축구를 배우러 여기까지 왔으면 먼저 사람들과 친해져야 그다음에 축구도 배울 수 있대요. 자만심 강한 브라질 선수들과 친구가 되려면 형이 먼저 노력해야 한대요. 남을 탓하지 말고 먼저 노력해야 할 사람이 누군지 생각해 보래요."

봉수는 엘시오가 하는 말을 통역하면서도 준혁이의 눈치를 살피며 조심스럽게 말했다.

준혁이는 자존심이 있는 대로 다 상했다. 너무 속상해 벽이라도 치고 싶었다.

'너희들은 게을러 터진 데다, 먹고 노는 것만 좋아해서 가난하게 살면서……. 잘하는 건 축구밖에 없으면서 잘난 척은!'

입 밖에 내어 말하진 않았지만 준혁이의 태도는 그 이상의 적대감을 드러내고 있었다.

브라질은 땅도 넓고 자원도 풍부한 나라였지만 가난한 사람들이 무척 많은 나라이기도 했다. 자본을 독식하고 있는 소수의 사람들은 상상도 할 수 없는 호화스러운 삶을 살지만 국민 대부분은 가난과 무지 속에서 힘들게 사는 나라이기도 했다. 도심에서 조금만 벗어나면 빈민촌이 늘어서 있고 희망도 꿈도 없는 젊은이들은 텔레비전을 통해 축구 중계나 보며 젊음을 허비하고 있는 것처럼 보였다. 준혁이는 은연중에 자신이 한국인이라는 우월감을 가지고 있었다.

엘시오는 준혁이의 눈을 바라보며 진지한 목소리로 다시 말했다.

"네가 원하는 걸 얻으려면 네가 어떻게 해야 할지 먼저 생각해 봐!"

봉수가 통역해 주는 말이었지만 엘시오의 말은 준혁이 가슴을 파고들었다. 준혁이는 입술을 깨물었다. 속은 부글부글 끓었지만 엘시오가 하는 말이 틀린 말은 아니라는 생각이 들었다. 준혁이는 그래서 더 화가 났다. 형택이와 짝을 이뤄 슈팅 연습을 하던 대식이는 뭐가 그리 신나는지 큰 소리로 웃으며 슛을 날려 댔다. 잔디 구장에 울려 퍼지는 대식이의 웃음소리가 준혁이에겐 마치 자기를 비웃는 것처럼 들렸다. 그러나 준혁이는 그런 느낌을 애써 지워 버렸다. 그런 생각은 자기에게 아무런 도움도 되지 않는 것들이었다.

'내가 원하는 걸 얻으려면 내가 먼저 노력하라고?'

먼저 노력해야 할 사람. 먼저 노력해야 할 사람……!

준혁이는 혼자 묻고 혼자 대답하며 곰곰 생각에 빠져 들었다.

처음 사귄 친구

지겹고 초조한 여름도 끝나고 가을로 접어들었다. 준혁이는 다시 클럽에 나가 운동을 시작했다. 오전에 학교에 갔다 온 뒤 집에서 점심을 먹은 다음 클럽에 나가는 규칙적인 생활이 반복되었다. 이젠 포르투갈 어로 기본적인 인사나 간단한 대화 정도는 떠듬거리며 할 수 있었다.

그러나 클럽에서 준혁이에게 말을 걸어 주는 사람은 아직 아무도 없었다. 감독은 날마다 인사하는 준혁이에게 눈길조차 주지 않았다.

'혹시나 오늘은…….'

희망은 언제나 실망으로 끝났다. 실망이 반복되면서 준혁이는 감독에게 아무것도 기대하지 않게 되었다. 차츰 자기를 둘러싼 냉정한 현실을 받아들이기 시작한 것이다.

대식이는 여전히 준혁이를 소 닭 보듯 했다. 브라질 친구들과는 즐겁게 이야기도 나누고 장난도 쳤지만 준혁이한테는 말도 잘 건네지 않았다.

'같은 한국인이라……. 쉽게 친구가 될 수 있을 줄 알았는데……. 그래, 너는 먼저 와서 자리 잡았다 이거지!'

준혁이는 이를 앙다물었다. 그렇지만 외로움은 어쩌지 못했다. 클럽에서 자체 게임을 할 때도 아이들은 여전히 준혁이에게 패스를 잘 주지 않았다. 공을 따라 뛰던 준혁이는 오히려 다른 선수들의 태클에 걸려 넘어지거나 자빠지기 일쑤였다.

"힘내. 처음엔 다 그래."

어느 날 형택이가 태클에 걸려 넘어진 준혁이의 손을 잡아 주며 먼저 말을 걸었다. 생각지도 않았던 친절이었다. 준혁이는 잠시 어리둥절했다.

"처음엔 나도 그랬어. 조금만 견디면 괜찮아질 거야."

형택이는 준혁이를 보며 싱긋 웃었다. 조금 떨어진 곳에서 대식이가 매서운 눈길로 형택이와 준혁이를 노려보았다. 형택이는 얼른 대식이가 있는 쪽으로 달려가 버렸다.

운동을 마치고 집에 돌아오면 준혁이는 빠트리지 않고 그날 운동한 내용과 일기를 적었다.

월요일. 또 새로운 한 주가 시작되었다.

그러나 여전히 나는 외톨이다.

클럽에서 돌아오는 길에 혼자 주저앉았다. 지나가는 사람들이 힐끗거리며 바라봤지만 신경 쓰지 않았다. 나도 모르게 눈물이 흘렀다.

아직까지 감독은 나한테 말 한마디 건네지 않는다. 코치도, 다른 사람들도! 하다못해 길가 고양이까지 날 무시하는 것 같다.

내 꿈은 어디로 갔나? 혼자 일어설 힘도 없다. 모두에게 미안하다. 엄마, 친구, 날 사랑하는 모든 사람들……. 아무리 노력하고 열심히 해도 사람들은 나를 거들떠보지도 않는다. 날 인정해주는 사람은 아무도 없다.

고개를 들어 하늘을 보았다. 푸른 하늘을 자유롭게 떠가는 구름. 나도 구름이 되어 훨훨 한국으로 날아가고 싶었다.

내 꿈은 어디로 갔나?

지금 나는 무엇을 하고 있나?

니는 아무것도 아니다……,

한 점, 먼지일 뿐이다!

저녁도 먹지 않고 일기를 쓰는데 눈앞이 흐려졌다. 함께 지내는 아이들은 자기들끼리 저녁을 먹은 다음, 거실에서 텔레비전을 보고 있었다. 준혁이가 저녁을 먹건 말건 신경 쓰는 사람은 아무도 없었다.

그렁거리는 눈물 너머로 친구들과 엄마 얼굴이 떠올랐다. 그리고 웃고 있는 소정이 얼굴. 뭐라 표현하기 어려운 슬픔이 밀려 왔다. 아무리 참으려 해도 눈물은 저절로 볼을 타고 흘러내렸다. 준혁이는 흐르는 눈물을 닦을 생각도 않고 그냥 울었다. 한참을 그러고 나니 마음이 좀 개운해지는 것 같았다. 문득 울고 있는 자신이 열없었다.

'강준혁. 무슨 꼴이고? 이정도도 견뎌 내지 못할 거면 당장 가방 싸서 돌아가라. 그러지 않으려면 나약한 눈물은 당장 그쳐라! 이제 절대 울지 않을 거다. 절대로!'

준혁이는 일기장을 덮은 다음 이어폰을 끼고 엠피쓰리의 볼륨을 있는 대로 높였다.

잊을 것은 잊어버려, 답답한 건 털어 버려, 버릴 것은 다 버려 버리고 다시 한 번 시작해.

노래를 들으니 가슴이 조금 후련해졌다. 낮에 형택이가 보여 준 호의가 그나마 작은 위안이 되었다.

'내일부터 다시 시작하는 거다!'

눈을 뜨니 어느새 아침이었다. 창밖에서 지저귀는 새소리가 유난히 경쾌하게 들렸다. 준혁이는 자리에서 벌떡 일어났다.

샤워를 한 다음 부엌으로 가서 토스트를 구웠다. 노릇노릇 구워진 식빵에 잼과 햄을 넣어 샌드위치를 만들었다. 보통 때는 자기가 먹을 것만 만들어 먹었지만 오늘은 다른 아이들 것도 함께 만들었다.

"형, 벌써 일어났네요? 어? 이거 형이 만든 거예요?"

막내 봉수가 놀란 얼굴로 물었다.

"그래. 오늘 아침은 내가 서비스로 쏘는 거다."

브라질 사람들은 아침을 간단하게 먹었다. 대신 점심과 저녁은 아주 푸짐하게 먹었다. 지아가 저녁을 해 놓고 퇴근하면 자기들끼리 저녁을 먹고, 아침은 각자 알아서 챙겨 먹었다. 엄마가 차려 주는 따뜻한 아침밥이 아니라 썰렁한 부엌에서 마른 빵과 찬 우유로 때우는 메마르고 쓸쓸한 아침이었다.

아이들은 준혁이가 만들어 놓은 샌드위치를 보고 눈을 빛내며 좋아했다.

"와! 맛있겠다. 준혁아, 오브리가두!"

형택이는 포르투갈 어로 고맙다는 인사를 했다.

말은 안 했지만 대식이도 샌드위치를 맛있게 먹었다. 학교로 가는 준혁이의 발걸음이 가벼웠다.

오후, 클럽 락커룸에서 유니폼을 갈아입고 있을 때였다.

"쥬니, 오늘은 기분이 좋은가 보네. 무슨 좋은 일 있어?"

클럽 인판츄 선수인 엘비스가 처음으로 준혁이에게 말을 걸었다.

'나한테 말을 걸어 주다니!'

가슴에서부터 울컥거리며 시작된 뜨거운 느낌이 온몸으로 퍼졌다. 눈물이 쏟아질 것 같았다. 그러나 준혁이는 그런 감정을 숨기고 웃으며 말했다.

"그래. 난 오늘 기분이 좋아. 앞으로도 좋을 거고."

"넌 늘 찌푸린 얼굴이었는데 웃으니까 훨씬 좋아."

"고……, 고마워."

그게 시작이었다. 엘비스는 그날부터 준혁이와 친구가 되었다.

머리가 금발이라고 아이들은 엘비스를 '로이라(Loira)'라고 불렀다. 포르투갈 어는 명사 끝에 a를 붙이면 여성형이 되었다. 로이라는 정말 여자처럼 예쁘게 생긴 백인 친구였다. 얼굴은 곱상했지만 공은 아주 잘 찼다. 로이라의 슈팅 실력은 팀에서도 인정하는 수준급이었다.

로이라는 어렸을 때 살롱 축구부터 시작한 친구였다. 유럽 축구가 조직적인 팀워크를 바탕으로 하는 축구라면, 브라질 축구는 화려한 개인기를 바탕으로 하는 축구였다.

"헤이, 쥬니. 오늘 축구화 사러 갈 건데 같이 안 갈래? 다른 친구들도 같이 갈 거야."

"그래? 나도 쇼핑할 게 있었는데 마침 잘됐다."

"우리가 자주 가는 스포츠 용품점이 있는데 거기 물건도 싸고 좋아. 이따 운동 마치고 같이 가자."

"오케이!"

로이라와 친구가 되면서 준혁이는 다른 아이들과도 점점 이야기를 나누게 되었다.

"쥬니, 다음 주말에 우리 집에 와. 내 생일 파티가 있어."

로이라와 친한 친구인 지다가 준혁이를 생일에 초대했다.

"정말? 날 초대하는 거야?"

"그럼. 너도 내 친구잖아. 엄마한테 네 얘길 했더니 같이 와도 된다고 그러셨어."

"뭐? 내 얘길 했다고?"

"응, 한국에서 온 아주 멋진 친구라 했지."

"에이……. 지다!"

준혁이는 지다의 어깨를 치며 장난을 걸었다.

자체 연습 게임을 할 때 준혁이에게 패스해 주는 횟수도 차츰 늘어났다. 준혁이는 조금씩 클럽 생활에 적응해 가기 시작했다. 형택이도 대식이가 보이지 않을 때는 준혁이와 이야기하며 농담도 하게 되었다.

어느 날 로이라가 물었다.

"쥬니, 넌 성격이 나쁘지 않은 것 같은데. 왜 그렇게 소문이 났지?"

"내가 성격이 나쁘다고? 누가 그랬어?"

"누가 먼저 그런 말을 했는지 모르겠어. 하지만 네가 잘난 척하는 거만한 아이라는 소문이 났어. 그래서 다른 아이들도 다 너를 싫어했어."

'대식이가 틀림없어. 대식이가 브라질 친구들에게 내가 잘난 척하는 못된 아이라고 소문을 퍼트린 거야.'

준혁이는 온몸의 피가 확 솟구치는 것 같았다. 운동을 마치고 집으로 돌아가는 길에 대식이에게 다가갔다.

"잠깐 이야기 좀 하자."

대식이는 준혁이를 흘깃 바라보더니 걸음을 늦추었다. 준혁이는 대식이와 나란히 걸음을 맞추며 말했다.

"나는 지금까지 클럽에서 니한테 무시당해도 참았다. 또, 내가 성질이 못된 놈이라고 생각하든 말든, 그거는 니 마음이니까 내하고는 상관없는 일이다. 하지만 내가 언제 잘난 척했다고 그런 말을 퍼트리고 다니노?"

"뭐?"

대식이는 걸음을 멈추며 준혁이를 노려봤다. 대식이의 눈매가 파르르 떨리고 있었다.

"너, 뭔가 오해한 것 같은데. 사람을 어떻게 보고 하는 소리야? 내가 남의 험담이나 하고 다니는 한가한 놈으로 보여? 그게 벌써 네가 잘난 척하는 게 아니고 뭐야? 누구한테서 무슨 소릴 들었는지 모르겠지만 난 그런 말 한 적 없어. 어디서 굴러 들어온 게 사람 우습게 보고 시비야. 재수 없어!"

대식이는 비웃는 어투로 또박또박 말한 뒤 먼저 걸어가 버렸다. 준혁이는 뒤통수를 한 대 얻어맞은 기분이었다. 곰곰 생각해 보니 그 말을 대식이가 했다는 증거는 아무것도 없었다. 형택이나 용철이가 했을 수도 있고 다른 브라질 아이들이 말했을 수도 있는 일이었다.

섣불리 말을 꺼냈다 그만 우스운 꼴이 되고 말았다.

"에이!"

준혁이는 길가에 나와 있는 쓰레기통을 힘껏 걷어찼다. 쓰레기통이 넘어지며 담겨 있던 쓰레기가 쏟아졌다. 준혁이는 꼭 쓰레기를 뒤집어쓴 것 같은 기분이었다.

'왜 대식이가 그 말을 했을 거라 단정 지었지?'

준혁이는 생각에 빠져 들었다. 대식이는 훈련도 아주 열심히 하고 축구도 잘했다. 준혁이는 자신도 모르는 사이 그런 대식이를 두고 경쟁하고 있었는지도 몰랐다.

삼바 세레머니

'클럽에 들어온 지 벌써 아홉 달이나 됐는데……. 오늘은 꼭 말해야지!'

초록 잔디가 깔린 운동장에서 스트레칭으로 몸을 풀며 준혁이는 뭐라고 말을 시작할지 생각해 보았다.

7월의 쿠리치바는 한겨울이었다. 그러나 눈이 내리거나 얼음이 어는 추위는 없었다. 아침저녁으로 조금 추운 듯했지만, 낮에는 한국의 가을처럼 선선한 날씨였다. 운동장 잔디는 한겨울에도 싱싱한 초록 윤기를 간직하고 있었다.

'내가 연습생이라 그러는 걸까? 아무리 열심히 해도 감독은 거들떠보지도 않으니…….'

하루라도 빨리 선수가 되고 싶은 생각 때문에 브라질에 와서 하루도 마음 편한 날이 없었다. 아무리 그러지 않으려 해도 초조한 마음은 그림자처럼 준혁이를 따라다녔다.

"후유……."

호흡을 가다듬은 다음 준혁이는 슈팅 연습을 하기 시작했다. 잔디에서 무언가 쪼아 먹던 직박구리같이 생긴 새가 놀라 푸드덕거리며 날아갔다. 선수들이 하나 둘 운동장으로 나오고 있었다. 대식이 모습도 보였다. 대식이는 브라질 선수와 이야기를 나누며 웃고 있었다. 형택이가 팀을 떠난 뒤로 대식이는 브라질 아이들에게 더 살갑게 굴었다.

'밥맛없는 자식!'

준혁이는 있는 힘을 다해 공을 찼다. 힘이 너무 실린 공은 준혁이를 비웃듯 골대를 넘어가 버렸다.

운동을 마친 다음 준혁이는 이야기할 기회를 살폈다. 락커룸으로 들어가는 입구에서 감독이 코치와 이야기를 하고 있었다. 선수들은 아무도 보이지 않았다.

'지금이다.'

준혁이는 감독에게 다가가 꾸벅 고개를 숙였다.

"제가 이 팀에 들어온 지 일 년이 다 되어 갑니다. 그동안 한 번도 게임에 나가 보지 못했습니다. 최선을 다할 테니 게임을 뛰게 해 주십시오."

침착하게 말하려 했지만 목소리는 떨리고 있었다. 감독은 표정 없는 얼굴로 힐끗 준혁이를 쳐다보며 말했다.

"알았다."

준혁이로서는 엄청난 용기를 내어 한 말이었지만 감독은 그 말만 하고 돌아서 버렸다.

'그래도 내 말에 반응을 보여 주었잖아. 언젠가 기회를 주겠지. 그때 실력을 보여 주는 거다.'

준혁이는 애써 자신을 위로했다. 그러나 감독은 좀처럼 기회를 주지 않았다. 다른 팀과 연습 게임을 할 때마다 감독은 클럽 선수들만 뛰게 했다. '쥬니'라는 브라질 이름을 가진, 한국에서 온 연습생이 팀에 있는지도 모르는 것 같았다.

'연습생이니까 내 같은 건 눈에 띄지도 않겠지. 요즘 컨디션도 좋은데 이럴 때 한 번만 기회를 주면 얼마나 좋겠노. 조금 있으면 전기 리그도 끝인데……'

조바심으로 가슴이 졸아들었다.

그날은 팀 주전 센터포드가 부상으로 훈련에 빠진 날이었다. 그런데 빠라나 클립과 연습 게임이 벌어지게 되었다. 준혁이는 시합에 뛸 선수를 지명하고 있는 감독 얼굴을 뚫어져라 바라보았다. 혹시 눈이라도 깜빡이는 사이에 자기를 놓칠 것 같아 눈도 깜빡이지 못했다.

"너, 왼쪽 센터포드 자리에서 뛰어 봐."

감독이 준혁이를 가리키며 말했다.

"아!"

감전이라도 된 것처럼 온몸이 쩌릿했다. 감독은 아직 준혁이의 이름도 모른 채 '너'라고 말했지만 그건 별로 중요한 문제가 아니었다. 처음으로 기회가 주어지지 않았는가!

'긴장하지 말고 실력을 보여 주는 거다. 한국에서 친구들이랑 하는 것처럼 하면 되는 거야.'

준혁이는 심호흡을 했다. 다른 팀과 하는 연습 게임에 출전하는 건데도 가슴이 걷잡을 수 없이 뛰었다.

심판의 휘슬이 울리고 게임이 시작됐다. 준혁이는 뒤편 수비수에게 패스를 한 다음 공격 방향으로 뛰어나갔다. 밑에 공격수들이 천천히 패스를 돌리며 공격할 틈을 엿보고 있었다. 미드필드와 준혁이는 공간을 확보하기 위해 재빨리 움직였다. 준혁이는 날아가는 공에서 눈을 떼지 않았다. 골은, 시합 시작 직후 아직 선수들이 게임의 리듬을 찾지 못했을 때와 시합이 끝날 즈음 선수들이 지쳐 있을 때 터지기 쉬웠다.

상대편 공격수들이 달려왔다. 공은 아직 오지도 않았는데 몸싸움과 신경전이 벌어졌다. 맨투맨 상황에서 신경전을 벌이며 몸싸움을 하는 것은 흔한 일이었다. 그러나 그 강도는 한국에서와는 비교가 되지 않았다.

준혁이네 팀 수비형 미드필더가 앞으로 공을 몰고 들어오는 걸 보고 센터포드인 로이라가 오른쪽으로 공간을 벌리며 달려 나갔다.

'센터링이다!'

준혁이의 눈이 먹이를 발견한 매처럼 빛났다. 준혁이는 몸싸움을 벌이던 상대 팀 선수를 재빨리 따돌리고 골문 앞으로 뛰었다. 이런 경우 공이 떨어질 지점을 먼저 선점하는 게 관건이었다. 미드필더한테서 패스를 받은 로이라는 골문 앞으로 달려가는 준혁이를 놓치지 않았다. 준혁이 쪽으로 높게 공이 날아왔다. 순간 준혁이의 몸은 하늘로 솟구쳤다. 공은 머리에 정확하게 와 닿았다.

'골이다!'

머리에 공이 닿는 순간 느낌이 왔다. 공은 순식간에 상대편 골대에 들어가 꽂히고 있었다. 하얀 그물이 출렁거렸다.

"삐이익!"

심판의 휘슬이 잔디 구장에 울려 퍼졌다. 같은 팀 선수들이 환호성을 지르며 준혁이에게 달려왔다.

"골! 골!"

준혁이는 정신이 아득했다. 처음으로 들어온 시합에 멋진 헤딩슛을 성공시킨 것이었다. 그것도 시합을 시작한 지 십 분도 안 된 시간에. 팀 선수들과 준혁이는 삼바 춤을 추기 시작했다. 삼바 세레머니였다.

‘잘했어! 이렇게 하면 되는 거다!’

준혁이 기분은 하늘을 날고 있었다. 하지만 먼저 한 골을 빼앗긴 상대편 선수들 움직임은 더욱 빨라졌다. 경기는 점점 거칠어졌다. 연습 게임이었지만 선수들 간에 몸싸움과 날카로운 신경전이 계속됐다. 덩치가 큰 브라질 선수들과 몸싸움을 벌인다는 건 보통 힘든 일이 아니었다. 체격이 작은 준혁는 악착같이 덤벼들었다.

전반전이 거의 끝날 무렵이었다. 준혁이네 팀 미드필더가 수비 지역에서 무리한 드리블을 시도했다. 한두 명 제치고 패스를 줘야 하는데 상대방의 태클에 넘어지면서 볼을 빼앗기고 말았다. 역습이었다. 준혁이네 팀이 게임을 리드하고 있던 상황은 순식간에 뒤바뀌고 말았다.

상대 팀 선수는 안쪽 페널티 지역으로 공을 몰고 나가 달려오는 센터포드에게 패스했다. 순간 당황한 골키퍼가 앞으로 뛰어나왔다.

“안 돼!”

감독과 코치가 지르는 고함 소리가 운동장에 울려 퍼졌다. 하지만 상대 팀 센터포드는 기회를 놓치지 않았다. 공을 잡은 센터포드는 골키퍼가 나오는 걸 본 순간, 구석진 코너를 향해 가볍게 골을 밀어 넣었다.

1대 1, 동점이었다. 어처구니없는 골이었다. 다시 시합은 계속되었지만 두 팀 다 추가 골 없이 전반전이 끝났다. 선수들은 모두 락커룸으로 들어갔다.

“너 혼자 공차는 거냐? 상대 선수들은 발을 묶어 놓고 있는 줄 알아?”

감독은 미드필더에게 고함을 질러 댔다. 그리고 준혁이를 바라보았다.

“나이스 슛!”

그 말만 하고 감독은 수비와 공격의 문제점을 지적한 다음 전술을 지시했다. 선수들은 다시 경기장으로 나갔다.

“다들 힘내! 파이팅!”

구호와 함께 후반전이 시작되었다.

상대 팀이 뒤쪽 수비 지역에서 공을 돌리면서 준혁이네 팀 움직임을 살폈다. 선취점을 먼저 허락한 빠라나 팀은 전반전보다 훨씬 더 신중해졌다. 준혁이는 수비수의 허점을 파고들어 재빨리 공을 빼앗았다. 당황한 수비수가 준혁이의 유니폼을 잡고 늘어졌다.

“놔!”

준혁이는 수비수를 떨친다고 팔을 휘둘렀다. "퍽!" 하는 소리와 함께 준혁이를 잡고 늘어지던 수비수가 쓰러졌다. 상대 팀 수비수는 옆구리를 감싸 쥐며 운동장을 뒹굴었다.

"삐이익!"

심판이 휘슬을 불며 달려와 준혁이에게 경고를 주었다. 넘어졌던 선수가 일어나며 욕설을 퍼부었다. 준혁이를 수비하던 선수는 더욱 사나워졌다.

몇 분 뒤. 상대 팀 페널티에어리어 조금 앞에서 준혁이는 미드필더가 패스해 준 공을 잡았다. 골대는 뒤에 있었고 준혁이는 수비를 등진 상태였다.

'왼쪽으로 돌아서 슈팅을 날려야겠다.'

준혁이는 오른쪽으로 도는 척하는 헛발질로 수비수를 속인 다음 왼쪽으로 돌아섰다. 무게 중심을 왼발에 두고 오른발로 슛을 날리려던 찰나였다. 당황한 수비수가 태클을 거는 척하며 준혁이의 왼쪽 무릎을 걷어차 버렸다. 그것도 있는 힘을 다해.

"아악!"

준혁이는 그 자리에 주저앉고 말았다. 심판이 휘슬을 불고 파울을 선언했다. 수비수는 고의적인 행동을 했다고 레드카드를 받고 퇴장당했다. 시합은 다시 시작되었지만 준혁이는 일어설 수가 없었다.

‘이렇게 주저앉으면 안 돼. 일어나!’

속으로 고함을 질렀지만 다리가 말을 듣지 않았다. 멀리서 팀 닥터와 마사지사가 달려왔다.

“어디가 아프니?”

준혁이는 무릎을 가리켰다. 무릎에 충격 스프레이와 물을 뿌려 응급조치를 했지만 다리를 움직일 수 없었다. 팀 닥터는 두 손을 높이 들고 감독에게 선수 교체를 신청했다.

“안 돼! 뛸 거야!”

준혁이는 이를 악물고 소리쳤다. 그러나 준혁이는 자기가 입은 부상이 결코 가벼운 부상이 아니라는 것을 알고 있었다. 준혁이는 들것에 실려 나와야 했다.

‘왜 하필 이런 때! 감독에게 처음으로 내 실력을 보여 줄 수 있었는데!’

걷잡을 수 없이 눈물이 흘렀다. 다친 무릎보다 가슴이 더 쓰라렸다.

잠 못 드는 밤

　다친 무릎은 주먹 하나를 더 보탠 크기로 부어올랐다. 한동안 운동을 할 수가 없었다. 운동은커녕 절뚝거리며 걷기도 힘든 상태였다. 처음 열흘 가까이는 목발을 짚고서야 겨우 걸을 수 있었다. 날마다 클럽으로 운동하러 가는 대식이와 용철이를 바라보며 준혁이는 입술을 깨물어야 했다.

　쿠리치바 팀은 브라질 전국 리그에서도 1부 리그에 속하는 큰 팀이었다. 뛰어난 선수도 무척 많아 여간한 실력으로는 명함도 내밀 수 없었다. 그런 팀에서 준혁이는 처음으로 다른 팀과 하는 연습 게임에서 뛰다 부상을 입은 것이었다.

　'팀 미팅 때마다 자신 있게 말할 수 있게 되었고, 아이들과도 친해졌는데. 다치지만 않았어도……! 열심히 하면 내년엔 정식 선수도 될 수 있었는데……. 시즌은 다 끝나 가는데 언제 다시

기회가 올까?'

준혁이의 가슴은 빠작빠작 타들어 가는 것 같았다. 밥도 잘 먹지 못했고, 잠 못 드는 밤이 계속되었다. 눈은 항상 충혈돼 있었고 가까스로 생긴 자신감도 눈 녹듯 사라져 버렸다.

겨우 '다시 뛰자!'에서 '다시 뛰다!'로 자신감을 가졌는데, 이 젠 '혼자 뛰어라……. 난 안 할래.'가 되어 버렸다.

축구의 나라 브라질. 선수가 되고 싶은 내 꿈은 언제 이루어 질까? 무릎 통증 없이 잔디구장에서 마음껏 뛰기 위해 이곳까지 왔는데, 하필 무릎을 다치다니. 왜 이렇게 꼬이고 안 되는 걸 까? 나를 걷어찬 그 새끼. 죽여 버리고 싶다. 누구라도 걸리기만 하면 마구 욕을 퍼붓고 죽도록 패 주고 싶다. 이러다 어떻게 될까? 국가 대표. 세계적인 선수. 모든 게 불가능한 꿈일지도 모른다고 생각하면 가슴이 터질 것 같다. 밤마다 나는 두려움이 라는 괴물과 싸우고 있다.

일기장을 덮고 자려 했지만 잠이 오지 않았다. 우유라도 한 잔 마시면 잠이 올까 싶어 준혁이는 부엌으로 나갔다. 새벽 2시 가 넘은 시간이었는데 거실에 불이 켜져 있었다.

'누구지?'

대식이였다. 대식이는 그때까지 자지 않고 텔레비전을 보고 있었다. 아니, 텔레비전을 켜 놓고 멍하니 앉아 있었다. 대식이의 눈자위가 불그스레했다. 아마 울고 있었던 모양이었다. 준혁이는 못 본 척 부엌으로 가서 우유를 두 잔 담았다.

'클럽에서 아이들하고 싸웠나? 무슨 일일까?'

준혁이는 우유 잔을 들고 대식이에게 다가갔다.

"지난번에 니가 소문 퍼트렸다고 한 건, 오해해서 그랬다. 잘못했다. 용서해라."

우유 잔을 내미는 준혁이를 물끄러미 바라보다 대식이는 등을 돌려 방으로 들어가 버렸다. 잔을 들고 있던 준혁이는 손이 머쓱해졌다.

'짜식, 먼저 사과했는데도 끝까지 무시하고……'

언짢았지만 말없이 바라보던 대식이의 젖은 눈이 마음에 걸렸다.

'뭔가 하고 싶은 말이 있는 것 같은데……'

준혁이는 고개를 갸웃거리다 자기 방으로 들어갔다.

초등학교 5학년 때 브라질에 온 대식이는 한국에도 친구가 없는 것 같았다. 클럽에서 브라질 선수들과 친한 것 같아도, 속마음을 털어놓을 만큼 친한 친구는 없는 것 같았다. 브라질 사람들은 축구에 있어서만은 자기 나라가 세계 최고라는 자부심이 아주 강했다. 더군다나 쿠리치바같이 큰 클럽의 선수들은 외국에서 축구를 배우러 온 아이들을 처음부터 무시하려 드는 경우가 많았다. 대식이와 준혁이가 아무리 브라질 아이들에게 친절하게 대해도 그들에겐 이방인일 뿐이었다.

'형택이는 잘하고 있을까? 짜식, 떠난 뒤로 전화 한 통 없네.'

얼마 전에 아버지를 따라 상파울루의 축구 학교로 간 형택이 생각이 간절했다.

'형택이라도 있으면 속 시원히 이야기나 할 건데. 겨우 친해지기 시작한 형택이도 떠나 버리고…….'

준혁이는 울리지도 않는 전화기를 바라보았다.

전반 시즌 동안 형택이는 슬럼프에 빠져 있었다. 쿠리치바 팀 인판츄 선수였지만 주전으로 시합에 뛰지 못했기 때문이었다. 형택이는 운동하려는 의욕을 잃어버리고 있었다. 운동 대신 밤마다 몰래 피시 방에 가거나 친구들을 만나러 나갔다. 아이들은 형택이를 기다리며 늦게까지 텔레비전을 보곤 했다. 그러나 형택이와 가장 친한 대식이는 일찌감치 자기 방에 들어가 잤다. 대식이는 다른 아이가 무얼 하든 절대 신경 쓰지 않았다. 자기 관리가 정말 철저한 아이였다.

"형택이 형, 아까 선생님이 전화했어. 형 찾는 걸 일찍 잔다고 거짓말했단 말이야."

자정이 넘어서야 들어오는 형택이를 보고 봉수가 볼이 부어 투덜거렸다.

"선생이라는 사람이 게임에 뛰게 해 주지도 못하면서 매일 잔소리만 하고……."

형택이는 투덜거리며 자기 방으로 들어가 버렸다.

'형택이와 이야기를 해 볼까?'

그러나 형택이가 늘 대식이의 눈치를 살피던 게 떠올랐다. 자기 혼자 같으면 거리낄 게 없었지만, 그래도 대식이와 친한 형택이 입장을 불편하게 할까 봐 망설여졌다.

'대식이는 지금 자고 있으니…….'

준혁이는 머뭇거리다 형택이의 방문을 노크했다. 침대에 누워 있던 형택이가 일어나 앉았다. 준혁이는 형택이 곁에 다가가 침대 모서리에 걸터앉았다.

"요즘 힘들제?"

"축구고 뭐고 다 때려 치우고 싶다."

형택이 목소리에는 짜증이 덕지덕지 붙어 있었다.

"그래……. 나도 그런 생각이 하루에 수십 번도 더 든다."

준혁이도 한숨을 내쉬며 말했다.

"브라질에 온 지 벌써 삼 년이나 되었는데 아직 주전으로 뛰지도 못하고……. 황 선생님은 우리한테 신경도 안 써 주고…….”

형택이는 땅이 꺼져라 한숨을 내쉬었다.

운동은 실력으로 평가받는 정직한 게임이다. 축구도 선수들이 최선을 다해 뛰고 난 다음 그 결과를 가지고 감독은 평가했다. 하지만 시합에 출전하지 못하다 보면 남을 탓하고 싶은 마음도 생기곤 했다. 준혁이는 그런 형택이가 남처럼 느껴지지 않았다. 뭐라 위로할 말을 찾다 준혁이는 가만히 형택이 손을 잡았다.

“그래도 너는 나보다 낫잖아. 난 이제 연습생인데.”

고개를 숙이고 있던 형택이가 다시 한숨을 내쉬며 준혁이를 바라봤다.

“너도 세계적인 선수가 될 거라 생각하고 브라질에 왔지? 나도 그래. 하지만 시간이 지날수록 그게 허황된 꿈이라는 생각이 들어 괴로워. ……이러다 아무것도 할 수 없을 것 같은 느낌……. 너무 불안해서 잠도 안 와.”

형택이는 울먹이며 준혁이를 바라봤다.

‘나만 불안하고, 나만 힘든 게 아니었구나.’

자기와 같은 고민을 하고 있는 친구가 있다는 게 커다란 위안이 되었다.

“운동도 마음대로 안 되고……. 한국 선수들보다 더 뛰어난 기량을 지닌 브라질 선수들과 주전 경쟁 벌이는 것도 이젠 지쳤어.”

형택이는 완전히 의욕을 잃어버린 것 같았다.

“형택아……, 그래도 여기까지 왔는데 포기할 수는 없잖아. 힘내라!”

준혁이는 형택이를 잡은 손에 힘을 주며 말했다. 형택이를 보며 한 말이었지만 자신에게 하는 말이기도 했다.

브라질에 올 때는 누구나 세계적인 선수가 될 거라는 꿈을 안고 온다. 하지만 막상 이곳에 와 보면 달랐다. 축구공 하나에 모든 걸 걸고 운동하는 아이들이 한국보다 브라질은 훨씬 더 많았다. 두터운 선수 층, 치열한 주전 경쟁. 천부적으로 타고났다고밖에 할 수 없는 뛰어난 실력을 지닌 선수들도 한둘이 아니었다.

자기 꿈이 어쩌면 이룰 수 없는 꿈일지도 모른다는 불안감은 시도 때도 없이 준혁이를 괴롭혔다. 어디로 굴러갈지 모르는 축구공처럼 미래는 불안했다.

“그래, 다시 시작해야 하는데……, 그게 잘 안 되는 걸 어째.”

형택이는 눈물을 글썽이며 중얼거렸다. 기분을 바꾸어야겠다 싶어 준혁이는 다른 이야기를 꺼냈다.

“전에는 프랑스의 지단이 좋던데, 브라질에 와서는 체코의 네드베트가 더 좋더라."

"네드베트는 왼쪽 미드필더잖아. 무척 지능적인 플레이를 펼치는 선수지."

형택이도 네드베트를 알고 있었다.

"네드베트는 체코가 월드컵에 진출하지 못했기 때문에 세계적인 무대에서 뛰지 못했지. 지단, 베컴, 호나우두, 그런 선수와 겨뤄도 조금도 뒤지지 않을 실력을 가지고 있지만 말이다. 하지만 그는 좌절하지 않고 서른이 넘도록 묵묵히 축구를 하고 있잖아."

"그래, 그래. 무슨 말인지 알겠다."

형택이는 싱긋 웃으며 중얼거렸다.

운동을 하는 모든 선수들이 다 명성을 얻는 건 아니었다. 세계적인 명성을 얻는 선수들도 있지만, 선수들 대부분은 이름도 알리지 못한 채 묵묵히 공을 차고 있다.

세계적인 선수들과 그렇지 못한 선수들의 처지는 빛과 어둠처럼 선명하게 차이 났다. 세계적인 선수는 명성과 함께 천문학적인 수입을 올리며 마음만 먹으면 보통 사람들의 상상을 초월하는 삶을 살 수 있다. 그런 선수가 되려면 타고난 신체적인 조건과 능력, 자신을 갈고닦는 혹독한 노력, 그리고 행운이 뒤따라야 했다. 아무리 타고난 신체와 뛰어난 실력을 갖추고 있어도 네드베트처럼 운이 따르지 못하는 경우도 있었다. 아직 연습생의 처지를 벗어나지 못한 준혁이에게 네드베트는 구원자 같은 존재이기도 했다.

그날, 준혁이와 마음을 열고 이야기를 나눈 뒤 형택이는 더는 대식이를 의식하지 않았다.

"준혁아, 햄버거 사러 가는데 네 것도 사 올까?"

"좋지. 그런데 난 돈이 없는데? 며칠 뒤면 용돈 오는데 그때 이자까지 쳐서 줄게."

준혁이가 주지도 않을 이자까지 준다며 너스레를 떨자 형택이가 웃으며 맞장구쳤다.

"그래. 내가 이자를 엄청 비싸게 받는다는 거 알지?"

형택이는 대식이가 노려보는 것도 상관하지 않고 웃으며 나갔다. 그러나 그런 즐거움은 오래가지 않았다.

준혁이가 부상을 입기 얼마 전이었다. 형택이 아버지가 브라질에 들어왔다.

"이 먼 곳까지 축구하라고 보내 놨더니 시합도 못 뛰게 아이를 내버려 두고. 도대체 선생이라는 사람은 뭐 하고 있는 거냐? 당장 가방 꾸려라!"

형택이 아버지는 오자마자 대뜸 고함부터 질렀다. 아이들은 깜짝 놀랐다.

“야, 빨리 선생님께 전화해.”

준혁이가 용철이에게 말했다. 잠시 후에 황 선생님이 달려오셨다.

“아니, 형택이 아버지. 연락도 없이 어쩐 일이세요?”

황 선생님이 놀란 얼굴로 물었다.

“연락이고 뭐고, 내가 얼마나 화났으면 이렇게 먼 곳까지 날아왔겠소?”

형택이 아버지는 얼굴이 벌게 가지고 황 선생님께 따지고 들었다.

“한 달에 보내는 돈이 얼만데 아이를 이렇게 관리하는 거요? 아이들이 운동을 하면 잘하고 있는지, 시합을 하면 출전을 하는지, 좀 살펴보고 사람들도 만나며 신경을 써 줘야지. 그걸 그냥 내버려 두고 있단 말이요? 우리가 멀리 떨어져 있지만 여기 소식을 모르는 줄 아시오?”

형택이 아버지는 성난 황소처럼 펄펄 뛰었다.

“아니, 아버님. 무슨 말을 듣고 그러시는지는 모르겠지만 진정하시고 제 말 좀 들어 보세요. 제가 무얼 잘못했다고 이러십니까?”

황 선생님이 당황하며 말렸다.

“형택이가 여기 온 지 벌써 삼 년째요. 그런데 아직 시합도 못 뛰면 그건 관리가 안 된 거 아니요? 더 말할 필요도 없어요. 당장 아이를 데려갈 거요."

형택이는 방 한구석에서 고개를 푹 숙이고 있었다. 준혁이와 다른 아이들도 잔뜩 풀이 죽어 형택이 아버지를 바라보고 있었다.

"아버님, 제가 아이들을 관리하지 않는다는 건 너무 심하신 말씀입니다. 제가 아무리 클럽의 감독이나 사람들을 만나 부탁해도 형택이가 시합 뛸 실력이 안 되는 걸 어쩝니까?"

황 선생님도 화가 나는지 목소리가 커졌다.

"그 실력을 올려 주는 게 당신이 해야 할 일이잖소. 아이들을 제대로 관리하고 가르쳤으면 아직 이 모양으로 있었겠소?"

형택이 아버지는 그날로 형택이를 데리고 가겠다고 했다. 황 선생님이 아무리 설명을 해도 막무가내였다. 아마 브라질에 들어오기 전에 형택이를 다른 곳에 보내려고 준비해 두었던 것 같았다. 형택이는 상파울루에 있는 축구 학교로 옮기는 모양이었다.

"준혁아, 열심히 해라. 나도 새로운 곳에 가서 새 마음으로 다시 시작해 볼 거다."

"그래. 이렇게 헤어지게 돼 아쉽지만……, 우리 끝까지 해보자!"

준혁이와 형택이는 꼭 안고 서로 등을 두드려 주었다. 준혁이는 가방을 들고 큰길까지 따라 나갔다. 형택이와 가볍게 악수를 나눈 걸로 작별 인사를 마친 대식이는 대문 밖에도 나오지 않았다. 가까스로 마음을 열고 이야기를 나누었던 형택이는 그렇게 떠났다.

'감독이 아직 내 이름도 모르고 있는 걸 선생님은 알고 계실까?'

황 선생님이 조금만 더 자주 자기가 운동하는 걸 살펴보러 와 주었으면 하는 마음이 간절했다.

'엄마한테는 다친 거 이야기하지도 않았는데……. 무릎이 다 나으면 다시 선수로 뛸 수 있을까? 무릎은 언제쯤 나을까?'

가지에 가지를 치며 뻗어 나간 생각은 마음만 답답하게 만들었다. 준혁이는 깊게 한숨을 내쉬었다. 아무리 한숨을 내쉬어도 가슴에는 무거운 돌을 얹어 놓은 것 같았다. 방에 들어와서도 준혁이는 쉽게 잠들지 못했다. 아픈 무릎을 안고 혼자 뒤척이고 있는데 창밖에서 새소리가 들리기 시작했다. 어느새 날이 밝아 오고 있었다.

혼자만의 시간

　다른 친구들은 운동장에서 공을 차는데 준혁이는 혼자 마사지를 받고 찜질을 하며 무릎을 치료해야 했다. 아픈 것보다 당장이라도 공을 차고 싶은 마음을 달래는 게 더 힘들었다. 처음엔 목발에 의지해 걷다가, 그다음엔 절뚝거리며 걷고⋯⋯. 다친 무릎은 조금씩, 더디게 회복되어 갔다. 그리고 후기 리그가 막바지에 접어들었을 때 드디어 완쾌되었다는 팀 닥터의 판정을 받았다. 그러나 준혁이는 곧바로 운동장에 들어가 공을 찰 수 없었다. 재활 훈련을 하면서 조금씩 몸을 만들어야 했다.

　'언제 선수가 될 수 있을까? 이러다 그냥 주저앉아 버리는 거 아닌가?'

　조급한 마음과는 달리 현실의 벽은 너무 단단하고 두꺼웠다. 준혁이의 어깨는 눈에 띄게 쳐졌다. 가볍게 몸을 풀기 위해 하는 운동도 시들했다. 그냥 하루하루 습관처럼 클럽을 오고 갔다. 그런 준혁이와는 상관없이 쿠리치바 팀은 '빠라나 엔시' 후기 리그 결승전까지 올라갔다. 결승전은 쿠리치바 메인 구장에서 열렸다. 아직 어린 선수들이 벌이는 게임이었지만 약 삼만 명 정도 수용할 수 있는 구장에는 관중들이 가득 찼다.

"휘이익!"

"와아아……."

관중들의 함성과 휘파람 소리. 사람들은 저마다 자기가 좋아하는 팀을 응원하느라 난리였다. 선수들의 사기는 충천했다. 그러나 준혁이는 그런 난리 통에서도 외톨이 이방인이었다.

'구경하는 입장이 아니라 선수로 여기에 올 수 있었으면 얼마나 좋을까?'

시합 전에 하는 기도, 파이팅을 외치는 소리, 그라운드를 달려 나가는 선수들을 보며 준혁이의 가슴은 터질 것 같았다.

'지금은 관람석에 앉아 구경하는 입장이지만 언젠가는 이런 게임에 나도 당당히 뛸 거다!'

준혁이는 관람석에 앉아 눈물을 삼켰다.

쿠리치바 팀은 '빠라나 엔시'에서 우승했다. 전반 시즌 끝 무렵에 당한 부상 때문에 준혁이는 후반 시즌을 제대로 연습도 못한 채 보내 버려야 했다.

브라질에 와서 혼자 맞는 두 번째 새해가 시작되었다. 한국의 새해는 추운 겨울이지만 브라질의 새해는 무더운 여름철에 시작되었다. 여름 휴가철이 되자 사람들이 피서를 떠나 시내는 텅 빈 것 같았다. 아이들도 황 선생님과 함께 일도메오 섬으로 피서를 갔다. 일도메오 섬은 쿠리치바에서 두 시간 남짓 산을 넘어가면 나오는 대서양에 있는 섬이었다.

섬에는 희고 깨끗한 모래가 끝없이 펼쳐져 있었다. 그 넓은 모래밭에는 피서객 몇 명이 파라솔 밑에서 선탠을 하고 있을 뿐이었다. 제법 이름난 피서지였지만, 여름이면 사람들로 북적대는 해운대와는 달리 조용하고 한적했다.

대륙과 마주 보고 있는 바다는 호수처럼 잔잔했다. 반대로 대서양 쪽 바다는 거친 파도가 몰아쳤다. 그곳에는 서핑을 하는 사람들도 더러 보였다. 흰 파도를 가르며 서핑하는 모습은 그림처럼 아름답고 평화로웠다. 서핑하는 사람은 파도와 싸우며 도전하는 것이지만 멀리서 보는 사람에게는 아름답고 평화로운 그림처럼 보였다.

섬의 북쪽 끝 절벽 위에는 하얀 등대가 있었다. 준혁이는 천천히 등대 쪽으로 걸어갔다. 맨발에 닿는 모래 감촉이 밀가루처럼 부드러웠다.

'새해가 시작되었는데……. 올해도 쿠리치바에서 연습생으

로 있어야 하나?'

끝없이 펼쳐진 바다를 바라보면서도 가슴은 답답했다. 등대 위를 나는 갈매기처럼 자유롭게 그라운드를 달리고 싶었다.

'쿠리치바 팀은 뛰어난 선수도 많은데 언제 나한테 기회가 올까? 대식이와 같은 팀에서 계속 신경전을 벌이는 것도 그렇고……. 그런 데에 기운 빼지 않고 운동만 할 수는 없을까?'

의논할 상대는 황 선생님밖에 없었다. 저녁을 먹은 뒤 준혁이는 황 선생님께 다가갔다.

"선생님, 의논드릴 게 있는데요."

자기 귀에도 딱딱하게 들리는 목소리였다.

"무슨 일인데? …… 우리 바닷가에 나가서 이야기할까?"

황 선생님은 준혁이를 데리고 바닷가로 나갔다. 밤바람이 부드럽게 불어왔다. 연보랏빛 하늘엔 하나 둘 별들이 빛나기 시작했다.

"힘들지?"

황 선생님이 모래밭에 앉으며 먼저 이야기를 꺼냈다. 준혁이는 황 선생님 곁에 나란히 앉았다. 황 선생님은 준혁이를 보며 웃었다. 마치 네 마음을 다 알고 있다는 것 같은 웃음이었다.

"몸은 별로 힘들지 않는데……. 마음이 힘듭니다."

황 선생님은 고개를 끄덕였다.

"그러잖아도 감독 선생님하고 네 어머님과도 전화했다. 네가 좀 힘들어하는 것 같다고……."

'걱정하시게 그런 말은 왜 합니까!'

준혁이는 속상한 마음을 달래느라 발로 모래를 뒤적였다. 황 선생님은 중학교 감독 선생님과도 자주 준혁이 이야기를 하는 모양이었다. 준혁이가 한동안 잠자코 있자 황 선생님이 다시 이야기를 시작했다.

"어머님과도 의논했는데……, 어머님이 그러시더라. 올해는 네가 선수로 뛸 수 있게 신경 써 달라고 말이야. 그런데 쿠리치바 팀은 워낙 선수도 많고……."

"저도 그런 생각 했습니다. 그렇지만 올해는 꼭 선수로 뛰고 싶습니다."

말투는 무뚝뚝했지만 진심을 담은 목소리는 간절했다.

"이제 포르투갈 어도 자신 있게 할 수 있습니다. 그런데도 감독 선생님은 아직 저한테 말 한마디 안 해 줍니다. 일 년이 넘었는데도……. 볼 때마다 인사를 해도 본척만척하십니다. 아마 저라는 아이가 있는지도 모를 겁니다."

말하다 보니 자기도 모르게 목소리가 떨렸다. 준혁이는 마른 침을 꿀꺽 삼켰다. 목까지 치밀어 오르던 서운함이 가까스로 내려갔다.

"선수로 뛰고 싶습니다. 제가 선수로 뛸 수 있는 팀이 없을까요? 꼭 쿠리치바가 아니라도 괜찮습니다. 선수로 뛸 수만 있다면 어느 팀이든 가겠습니다."

준혁이는 강한 눈빛으로 발끝을 노려보며 말했다. 연습 게임 열 번보다 한 번의 실전에서 실력이 더 느는 법이었다. 실력을 키우는 가장 효과적인 방법은 실전에 나가 경험을 쌓는 것이었고, 실전에 나가려면 반드시 선수가 되어야 했다.

"그래. 좀 더 고민해 보자. 좋은 방법이 있을 거다."

황 선생님은 다시 고개를 끄덕이며 준혁이 어깨를 두드려 주었다.

황 선생님이 자리를 뜨자 비로소 긴장이 풀렸다. 지난 일 년 동안 클럽의 사람들이나 같이 운동하는 브라질 선수들에게 실수하지 않으려 늘 신경을 쓰다 보니 말 한마디도 생각해서 하는 습관이 생겼다. 말할 때면 어느새 잔뜩 긴장하고 있었다.

준혁이는 혼자 밤바다를 바라보며 한참 동안 더 앉아 있었다. 어두운 밤하늘에 파르스름한 별 하나가 힘겹게 반짝이고 있었다. 다른 별과 떨어진 곳에서 혼자 반짝이는 별이 꼭 자신처럼 느껴졌다.

"너도 힘들고 외로워 보이네……."

한국에 있을때 그리 살갑게 대하지 않았던 엄마였지만 떨어져 지내다 보니 못 견디게 엄마가 보고 싶었다. 함께 운동을 했던 친구들. 그리고 소정이.

'소정이는 지금 뭐 하고 있을까? 어쩌면 나 같은 건 까맣게 잊어버렸는지도 모르지.'

아직 편지 한 통 없는 여자 친구. 그런데도 준혁이는 소정이 생각을 지우지 못하고 있었다.

'내가 성공한 선수가 되어 소정이 앞에 나타나면 그때 소정이는 뭐라고 할까? 나를 무시해서 미안하다고 할까?'

그렇게 친했던 것도 아닌데 브라질에 와서 준혁이는 소정이에게 지나치게 집착하고 있는 자신을 발견하곤 했다. 아무리 그러지 않으려고 해도 마음은 자꾸만 소정이한테 쏠렸다.

'내가 혼자라서 그런 마음이 드는 건가?'

처음 겪어 보는 낯선 감정이었다.

소정아…….

준혁이는 모래 위에 소정이의 이름을 적었다.

"이-소-저-엉! 난 꼭 해내고 말 거다!"

있는 힘껏 소리를 질렀다. 가슴이 조금은 후련해지는 것 같았다.

제3부
떼탈 오 임포시블

선수로 뛸 수 있다면

여름휴가가 끝나갈 무렵이었다. 황 선생님이 준혁이를 불렀다.

"그동안 네가 선수로 뛸 수 있는 팀을 알아봤어. 그런데 쿠리치바에는 마땅한 팀이 없어. 너……, 쿠리치바를 떠나 혼자 생활할 자신 있니?"

황 선생님이 조심스럽게 물었다.

"선수로 뛸 수만 있다면 쿠리치바가 아니라도 괜찮습니다. 어느 팀인데요?"

준혁이의 목소리는 떨리고 있었다.

"아직 확정된 건 아니다. 먼저 테스트를 받아야 되니까. 테스트를 받는 것도 쉬운 일이 아니야."

"자신 있습니다."

준혁이는 눈을 빛내며 대답했다.

"이삼 일 내로 테스트 받으러 갈 거니 몸 상태를 잘 조절해서 준비해라."

"어느 팀인데요?"

준혁이가 다시 물었다.

"그건 나중에 말해 줄게."

황 선생님은 그 말만 하고 입을 다물어 버렸다. 준혁이는 뛸 듯이 기뻤다. 연습생 신세를 면치 못했던 쿠리치바를 떠난다는 기쁨은 새로운 곳에 대한 두려움을 보상하고도 남았다. 그러나 그것은 테스트라는 관문을 통과해야 맛볼 수 있는 기쁨이었다.

'잘할 수 있어! 테스트에 꼭 합격하고 말 거다!'

축구화와 운동복을 챙기는 손이 흥분으로 떨렸다.

이틀 뒤 황 선생님이 차를 몰고 왔다. 황 선생님은 준혁이를 차에 태우고 어디론가 출발했다.

"어디로 가는 건데요?"

달리는 차 안에서 준혁이가 물었다. 너무 궁금해 그동안 잠도 잘 이루지 못했다.

"이라치 클럽이다. 쿠리치바에서 서쪽으로 두 시간 반 정도 걸리는 도시에 있지. 이라치는 우리나라 경주처럼 조그만 도시야."

"이라치요?"

"그래. 쿠리치바에 견주면 작은 팀이지만 실력으로 따지면 결코 뒤지는 팀이 아니야. 작아도 쥬베뉴, 주니어, 프로까지 다 있어. 대회에 출전해 성적도 잘 내지만, 주로 선수들을 길러서 다른 팀에 팔아 이익을 남기는 팀이야. 이제 너도 쥬베뉴 나이라 감독한테 네 이야기를 했더니 한번 테스트를 받아 보라 그러네. 테스트를 통과해야 그 팀에서 선수로 뛸 수 있을 거다. 이 주 정도 테스트를 받을 건데 자신 있지?"

"네. 걱정 마십시오."

"짜식. 축구만 이야기하는 게 아니야."

"압니다. 이젠 브라질 아이들과 이야기하는 것도 자신 있습니다."

황 선생님은 준혁이 혼자 이 주 동안 그 팀 숙소에서 지내야 하는 게 걱정되었고, 준혁이는 황 선생님이 하지 않아도 될 걱정을 한다 싶었다.

황 선생님은 이라치 감독과 코치에게 준혁이를 소개한 다음 쿠리치바로 돌아갔다.

'이제 나 혼자다.'

황 선생님을 배웅하고 나자 마음은 오히려 차분하게 가라앉았다.

쥬베뉴와 주니어 숙소는 길을 사이에 두고 프로 팀 숙소와 마주 보며 나란히 붙어 있었다. 개인 주택을 개조한 숙소 시설은 낡고 형편없었다. 삼단으로 된 침대가 벽 양쪽에 붙어 있는 조그만 방, 처마 밑에 차양을 덧대 만든 허름한 샤워장, 누렇게 때가 낀 채 지린내를 풍기는 소변기.

'시설이 무슨 상관이야. 선수로 뛸 수만 있다면! 선수로 뛸 수만 있다면……!'

준혁이는 어금니를 깨물었다.

시즌이 시작되기 전, 각 팀에는 테스트를 받으러 온 아이들로 넘쳤다. 이라치에도 준혁이처럼 테스트를 받으러 온 아이들이 스무 명 넘게 몰려와 있었다. 이라치의 주전 A팀과 후보 B팀, 그리고 테스트 받는 선수들을 두 개 팀으로 나누어 시합을 하며 테스트를 받았다.

첫 테스트 시합이 열리는 날이었다. 테스트를 받는 두 개 팀 가운데 한 팀은 주전 선수들로 짜여진 A팀과 시합하고, 준혁이가 속한 팀은 후보 B팀과 시합을 가지게 되었다. 준혁이는 자기 포지션인 센터포드로 테스트를 받게 되었다. 가벼운 몸 풀기가 끝난 뒤 테스트를 하기 위한 첫 시합이 시작되었다.

그 선수는 후보 B팀에 속한 금발의 백인 센터포드였다. 금발 머리는 테스트를 받으러 온 선수들이 공을 잡으면 다짜고짜 달려와 무조건 태클을 걸었다. 공을 뺏으려고 하는 태클이 아니라 선수를 얕잡아보고 겁주기 위한, 속된 말로 그냥 '까는' 거였다. 처음엔 준혁이도 두어 번 금발머리한테 당했다. 그러나 차츰 오기가 생기기 시작했다. 전반전이 끝나고 쉬는 시간이었다.

'테스트 받으러 왔다고 우습다 이거지? 걸리기만 해 봐라!'

준혁이는 친구들과 이야기를 하며 웃고 있는 금발머리를 바라보며 이를 앙다물었다.

후반전이 시작되었다. 상대 팀 수비수와 1대1로 붙어 준혁이가 공을 잡았다. 그러자 금발머리가 달려와 태클을 거는 척 준혁이 발목을 또 걸어찼다.

'너, 제대로 걸렸어!'

준혁이는 왼손으로 수비수를 제치는 척하며 오른팔에 있는 힘을 다 실어 그대로 금발머리를 후려쳤다.

"쫙!"

엄청나게 큰 소리였다. 순간 그라운드는 일시 정지된 화면처럼 정적에 빠져 들었다. 모든 선수들과 코치, 감독까지 놀란 얼굴로 두 사람을 바라보았다. 금발머리는 얼굴을 감싸 쥔 채 뒹굴고 있었다. 비틀거리며 겨우 일어선 그는 코피를 흘리고 있었다.

'이거, 좀 심했나?'

준혁이는 잔뜩 긴장했다. 감독이 스태프를 시켜 금발머리를 불러냈다. 감독이 하는 말이 준혁이의 귀에도 똑똑히 들렸다.

"네가 다른 선수를 까면 다른 선수들은 그냥 있을 줄 알았니? 그들은 바보가 아니야."

그 감독이 바로 쥬베르토였다. 쥬베르토는 이라치 팀의 쥬베뉴와 주니어 감독을 맡고 있었다.

게임이 끝나자 함께 시합을 했던 B팀의 다른 선수가 준혁이게 다가왔다.

"잘했어. 그 자식은 언젠가 혼나야 될 녀석이었어. 아깐 내 속이 다 시원했어."

아직 이름도 모르는 선수였지만 그는 준혁이의 팔을 잡으며 말했다. 그뿐만이 아니었다. 저녁을 먹은 뒤 방에 있는데 노크 소리가 들렸다.

"어이, 아까 게임 때 실력을 발휘한 주인공이 누구야?"

'뭐야? 나를 혼내 주려고 온 거야?'

준혁이는 머뭇거리며 일어섰다. 그는 활짝 웃는 얼굴로 준혁이에게 악수를 청했다.

"너, 아주 멋진 놈이라고 소문 쫙 났어. 잘해서 우리 팀에서 함께 지냈으면 좋겠다. 난 프로 팀의 히칼징유다."

"아, 예……. 전 쥬니라고 합니다. 잘 부탁합니다."

준혁이는 꾸벅 고개를 숙이며 인사를 했다. 얼떨떨했지만 기분은 나쁘지 않았다. 그 뒤로 준혁이의 처지는 완전히 달라졌다. 테스트를 받으러 온 선수였지만 아무도 준혁이를 무시하지 않았다. 호되게 당한 금발머리는 준혁이만 보면 슬슬 피했다.

"헤이, 쥬니! 이리 와. 같이 먹자."

훈련을 마치고 식당에 가면 선수들이 서로 자기 옆에 앉으라며 준혁이를 불렀다.

"쥬니, 어제 그 노래 좋던데. CD 좀 빌려 줘."

준혁이가 손을 내밀기도 전에 선수들이 먼저 준혁이에게 다가왔다.

'내가 바보가 아니라는 걸 제대로 보여 줬구나.'

그 작은 사건으로 준혁이는 자신감을 갖게 되었다. 준혁이는 같은 방을 쓰게 된 아이들에게도 먼저 말을 건넸다.

"난 쥬니라고 해. 한국에서 왔어. 2002년 월드컵이 열린 나라, 한국."

"너, 일본 사람 아니었어?"

"아! 월드컵이 열린 나라."

테스트를 받으러 온 같은 처지라 그런지 아이들은 쉽게 다가왔다. '지오구'와 '다닐로'라는 친구였다.

"난 한국인이야. 한국에서 제일 유명한 해운대 해수욕장이 있는 부산이 내 고향이야. 우리 엄마는……."

서툴렀지만 열심히 포르투갈 어로 엄마와 친구들 이야기를
해 주었다.

"나는 저기, 위에……. 북쪽 세하라 지방에서 왔어. 거긴 일
년 내 더운 곳이지. 우리 집은 바닷가에 있는 아주 작은 마을에
있어. 부모님은 어부고, 형제가 일곱인데 내가 제일 커. 부모님
과 동생들은 내가 프로 선수가 되기만을 기다리고 있어. 난 돈
을 벌어서 부모님께 보내 드려야 해."

지오구는 검은 얼굴에 하얀 이를 드러내고 웃으며 말했다.
라면처럼 곱슬곱슬한 머리. 아직 쥬베뉴에 속하는 나이였지만
1미터 80에 가까운 큰 키에 근육으로 뭉쳐진 몸이 아주 단단해
보이는 친구였다. 그러나 큰 덩치와는 달리 지오구의 웃는 얼
굴은 한없이 착해 보였다.

"내 이름은 다닐로야. 아버지는 이태리인이고 엄마는 인디
오지."

다닐로는 갈색 피부의 혼혈인이었다.

"난 상파울루의 아메리카노 프로 팀에서 주니어 선수로 뛰
다가 왔어."

"쥬베뉴 나인데 주니어에서 뛰었다고?"

"그래."

다닐로가 어깨를 으쓱하며 고개를 끄덕였다.

"야……! 너, 실력이 굉장했구나! 그런데 왜 이라치에 왔어?"

"구단이 가난해서 주니어 팀이 없어졌어. 난 월급도 못 받고 팀을 나왔어. 아버지와 함께 공장 일을 하다 하느님 뜻으로 여기 오게 됐지."

"그게 무슨 말이야?"

"나로서는 어쩔 수 없는 일이잖아. 아메리카노에서 최선을 다해 뛰었지만 팀이 없어져 버렸는걸. 모든 건 하느님이 다 알아서 하시는 거니까."

다닐로는 그렇게 말하며 어깨를 으쓱할 뿐이었다. 준혁이었다면 너무 속상해서 방방 뛸 일이었다.

"내가 너희들과 함께 여기서 선수로 뛸 수 있게 되는 게 하느님 뜻이라면 그렇게 될 거야."

다닐로는 웃으며 이야기했다.

'가톨릭 국가니까 모든 걸 하느님 뜻이라고 하는 건가?'

다닐로의 생각이 자기와는 너무 달라 준혁이는 혼란스러웠다.

준혁이는 그동안 자기가 했던 생각과 행동을 되돌아보았다. 무시당하지 않겠다는 마음에 생각 없이 가입했던 십이신지, 브라질에 와서도 성급한 마음에 늘 초조하고 불안해 자신을 들볶았던 기억들……. 조금만 더 여유를 가지고 행동했더라면 한국에서도, 쿠리치바에서도 그렇게 힘들지 않았을 거라는 생각이 들었다.

'조급하게 생각하지 말자. 최선을 다하고 그다음은 느긋하게 기다리는 거다.'

최선을 다한 다음 결과는 하늘의 뜻에 맡기는 낙천적인 다닐로. 다닐로의 그런 태도는 준혁이에게 새로운 시각을 열어 주었다.

준혁이는 이 주일 동안 이라치에서 테스트를 받았다. 그리고 합격했다. 이제 브라질에서 정식 선수로 뛸 수 있게 된 것이었다. 지오구와 다닐로도 테스트에 합격해서 함께 쥬베뉴 선수로 뛰게 되었다.

운동을 마치면 셋은 늘 함께 샤워를 했다.

"지오구. 네 엉덩이 정말 죽인다! 아주 새까만 슈하스코 같아."

준혁이가 지오구의 엉덩이를 철썩 때리며 말했다.

"쥬니, 죽을래?"

지오구가 물을 뿌리며 웃었다.

"쥬니, 너 호모냐? 그렇지만 지오구, 네 엉덩인 정말 섹시해.

최고야!"

다닐로도 낄낄거리며 맞장구를 쳤다. 다닐로와 준혁이는 유난히 새까만 지오구에게 슈하스코라는 별명을 붙여 주었다. 슈하스코는 브라질 말로 바비큐라는 뜻이었지만 '탄 고기'라는 뜻으로도 통했다.

"여긴 시설이 너무 낡고 형편없어. 정말 한심해."

"이 정도면 얼마나 훌륭한데. 우리 집은 이보다 훨씬 못해."

슈하스코는 자기 집보다 훨씬 좋은 시설이라며 웃었다. 준혁이는 부끄러워졌다.

이라치의 낡은 시설은 불편하기 짝이 없었다. 그러나 마음은 편했다. 선수로 뛸 수 있다면 준혁이는 다른 건 다 견딜 수 있었다.

카니발과 이라치 선수들

"헤이, 슈하스코. 오늘도 네가 일등으로 나왔네. 넌 밥 먹을 때도 제일 천천히 먹고, 동작도 느린데 훈련은 제일 먼저 나와 준비하고 있어. 정말 존경스럽다."

준혁이는 몸을 풀고 있는 슈하스코를 보며 말을 건넸다. 칭찬을 들은 슈하스코는 겸연쩍은 얼굴로 싱긋 웃었다.

클럽의 선수들은 다양한 지역에서 모인 만큼 특징도 다 달랐다. 슈하스코는 북쪽의 더운 지방 출신이라 그런지 평상시에는 몸을 잘 움직이는 편이 아니었다. 그의 동작은 느릿하고 아주 조용했다. 그런데 게임을 뛸 때는 180도 달랐다. 그 큰 덩치가 어쩌면 그리 날쌘지 저절로 감탄이 나왔다. 수비형 미드필더인 슈하스코는 팀의 든든한 허리 역할을 충실히 해냈다.

훈련을 마치고 숙소로 가는데 웃통을 벗은 로드리고가 건들거리며 다가왔다. 로드리고는 리우데자네이루에서 온 선수였다.

"다음 주 화요일까지 카니발 휴가니까 오늘 저녁에 나이트클럽 안 갈래? 다른 친구들도 함께 간다고 했어. 그동안 몸이 근질거렸는데. 어때? 카니발 때 기분 풀어야지."

로드리고는 잔뜩 폼을 잡으며 히죽거렸다.

"헤이, 어째 한동안 잠잠하다 했더니. 오늘 저녁으로 잡은 거야?"

옆에 있던 다닐로가 구미가 당긴다는 듯 눈을 빛내며 싱긋 웃었다.

"하여간 너희 도시 출신들은 맥주하고 여자를 너무 좋아해."

준혁이는 로드리고를 보며 이해가 안 된다는 얼굴로 말했다.

"여자가 없는 세상에서 살라고 하면 난 미쳐 버릴 거야. 인생은 즐기며 사는 거야. 안 그래, 친구! 잇히……, 신나는 카니발!"

로드리고는 다닐로와 하이파이브를 한 뒤 건들건들 걸어갔다. 로드리고가 부는 휘파람 소리가 카니발을 앞두고 술렁거리는 마을길에 울려 퍼졌다.

"저 녀석 지난번에 빌려간 돈 아직도 안 갚네. 100헤알이나 되는데."

준혁이는 햇살을 받아 번들거리는 로드리고의 갈색 등을 꼬나보며 중얼거렸다.

공격형 미드필더인 로드리고는 뛰어난 발재주로 그라운드를 휘젓고 다니는 선수였다. 그는 시합 때 페널티킥을 실수해도 웃으며 어깨를 으쓱할 뿐이었다. 승부에 집착하지 않고 그냥 축구 그 자체를 즐기는 것 같았다. 하지만 팀워크가 중요한 축구에서 그의 행동은 무책임해 보일 때도 더러 있었다.

세계적인 휴양지인 리우데자네이루에서 온 선수들은 늘 웃통을 벗고 폼 잡는 걸 좋아했다. 피서객들이 맥주를 마시고 풋치볼링을 하며 여자들 앞에서 자신을 과시하는 걸 어릴 때부터 보고 자라서 그런지, 겉멋이 잔뜩 든 선수들은 주로 리우데자네이루 출신들이 많았다.

반대로 적도 부근인 북쪽 출신 선수들은 아주 조용했다. 축구를 할 때 말고는 말도 적고 움직임도 느린 편이었다. 그들은 훈련 시간에 절대 늦는 법이 없었고, 훈련도 열심이었다. 순수 인디오 혈통이 많고, 가난하기 때문에 축구에 목숨을 건 아이들은 주로 북쪽 출신들이었다.

내일부터 카니발이었다. 리우데자네이루나 상파울루 같은 대도시에는 벌써 전 세계에서 몰려온 관광객들이 장사진을 이루고 있었다. 갖가지 깃털과 기상천외한 장식으로 아슬아슬하게 몸을 가린 사람들이 흥겹고 경쾌한 삼바 춤을 추며 벌이는 가장 행렬이 끝없이 이어졌다. 이라치에는 대도시처럼 화려한 가장 행렬은 없었다. 하지만 축제의 술렁임은 이곳이라고 예외는 아니었다. 곳곳에서 삼바 연주회가 열리고 사람들이 모여 맥주를 마시며 춤을 추고 즐겼다.

저녁을 먹은 뒤 준혁이는 다닐로, 슈하스코와 함께 나이트클럽으로 걸음을 옮겼다. 살랑거리며 불어오는 시원한 밤바람이 들뜬 기분을 더욱 부채질하는 것 같았다.

브라질 선수들은 자기들끼리 자주 나이트클럽에도 가고 했지만 준혁이는 이라치에 와서 처음으로 밤에 외출하는 것이었다. 문화적인 차이도 있었지만 준혁이는 자신이 아직 미성년자라는 생각에서 자유롭지 못했다. 거기다 한국에서 했던 바보 같은 실수는 두 번 다시 하지 않을 거라 다짐했던 터였다. 그러나 브라질 전체를 뒤덮은 카니발 열기는 한국에서 온 준혁이까지 흥분시켰다.

'카니발이잖아. 간섭하는 사람도 없는데 한 번쯤이야 뭐 어때?'

준혁이는 애써 찜찜한 마음을 지워 버렸다.

"우아! 저 여자들 좀 봐! 죽이는군."

나이트클럽에 들어서기 바쁘게 다닐로가 눈을 빛내며 히죽거렸다. 슈하스코도 준혁이를 바라보며 의미심장한 웃음을 지었다. 처음 와 본 나이트클럽. 들뜬 기분과는 달리 준혁이의 몸은 뻣뻣하게 굳어 있었다.

"쥬니, 긴장 풀어. 그냥 즐기면 되는 거야."

다닐로가 준혁이의 등을 떠밀며 안으로 들어갔다. 한국 같으면 준혁이 또래 아이들이 나이트클럽에 드나드는 건 어림도 없을 일이었다. 하지만 브라질에서는 그게 가능했다. 로드리고나 다닐로 같은 아이들은 벌써 나이트클럽을 제집처럼 드나들고 있었다. 홀에는 몰려든 젊은이들로 발 디딜 틈도 없을 지경이었다. 먼저 온 클럽 선수들이 한쪽 구석에 자리를 잡고 있었다.

"어이! 여기야, 여기!"

로드리고가 손을 흔들었다. 잔뜩 폼을 잡은 채 으스대는 로드리고. 그 옆에는 아슬아슬한 옷차림을 한 여자 아이들이 콜라를 마시며 웃고 있었다.

"이 친구는 지구 반대편 한국에서 온 쥬니. 세계적인 강 스트라이커지."

로드리고가 준혁이를 여자 아이들에게 소개했다.

"로드리고, 허풍 좀 그만 떨어라. 세계적인 강 스트라이커는 무슨……."

준혁이는 민망해서 얼굴이 빨개졌다. 아무도 못 말리는 로드리고의 허풍이 그리 기분 나쁜 것만은 아니었다. 슈하스코와 다닐로는 이내 여자 아이들과 어울렸다. 속살이 다 드러난 여자 아이들의 옷차림, 자연스러운 포옹과 키스. 준혁이는 눈 둘 곳을 몰라 허둥대며 애꿎은 콜라만 연거푸 들이켰다.

'아무도 보는 사람 없는데……. 나도 여자 애들과 키스해 보고 싶은데…….'

그러나 마음뿐이었다. 마음속에서 무언가가 자기를 풀어 주지 않고 있었다. 그 고삐를 풀어 던지고 싶은데 그게 안 되었다. 준혁이는 혼자 끙끙거리며 용을 쓰고 있었다.

'에이, 관두자! 안 되는 걸 어짜노!'

준혁이는 여자 애들과 어울리는 걸 포기했다. 대신 다른 친구들이 노는 것을 구경하는 걸로 만족했다.

실컷 놀고 난 뒤 돌아갈 시간이었다.

"야, 계산을 해야 하는데 돈이 모자라. 쥬니, 너 돈 있지?"

로드리고가 준혁이를 바라보았다. 상파울루와 남쪽 출신 선수들은 자기들 몫의 돈만 내고 팔짱을 끼고 있었다. 그렇다고 슈하스코나 다닐로가 낼 수는 없었다. 둘 다 넉넉한 형편이 아니라는 건 준혁이도 이미 알고 있었다.

"뭐고? 돈도 없으면서 놀러온 거가?"

준혁이는 어이가 없었다.

"이번 달 용돈 받으면 지난 번 빌린 것까지 합해서 갚을게."

로드리고는 비굴한 웃음을 지으며 사정했다. 카니발의 들뜬 분위기에 휩쓸려 처음 놀러간 나이트클럽. 그 대가로 준혁이는 지갑을 다 털어야 했다.

"나쁜 놈! 안 갚기만 해 봐라."

욕설이 튀어나왔지만 이미 엎질러진 물이었다. 다음 달 용돈이 올 때까지 준혁이는 입에 거미줄을 칠 형편이 되고 말았다.

'깍쟁이 같은 놈들. 같이 놀러 왔으면서 자기들 돈만 내고 시침 딱 떼고 있네.'

준혁이는 다른 친구들을 보며 속으로 투덜거렸다. 상파울루 같은 대도시 선수들은 자기 실속을 차릴 때가 많았다. 그들은 경쟁심도 많고 절대 손해 보지 않으려는 스타일이었다.

그러나 지역을 떠나 그들의 공통된 특징은 노는 걸 좋아하는 것이었다. 카니발 때는 말할 것도 없고 훈련이 끝나거나 시합이 끝나면, 아니 틈날 때마다 그들은 빠고지라는 브라질 대중음악을 부르며 북을 두드리고 춤을 추었다. 빠른 장단에 맞춰 몸을 흔드는 춤은 보는 사람까지 흥겹게 만들었다. 한국과 견주면 가난한 생활이었지만, 그들은 타고난 낙천적인 기질로 가난한 삶을 행복하게 만들어 가는 것 같았다.

이라치는 정말 조용한 도시였다. 도시 안에서도 사람을 구경하기가 어려울 정도였다. 그렇게 조용하다가도 축구 시합이 열리는 날에는 구장이 사람들로 가득 들어찼다. 저 많은 사람들이 다 어디 있다 나오는지 궁금할 정도였다.

시합이 벌어지면 일고여덟 살쯤 되어 보이는 아이들이 관중석 사이를 잽싸게 뛰어다녔다.

"팝콘 사세요. 물도 있어요."

아이들은 나무로 만든 판자 위에 팝콘이나 음료수 따위를 담아 돌아다니며 팔았다. 빼빼 마른 몸에 가느다란 팔다리, 색바랜 셔츠와 낡은 바지, 뒤축이 다 닳은 슬리퍼. 차림새만 보면 가난이 뚝뚝 흘렀다. 하지만 티 없이 맑고 초롱한 눈빛에 항상 생글생글 잘 웃었다.

지난 일 년 동안 준혁이는 남에게 자기 모습이 어떻게 비칠지 늘 신경이 곤두서 있었다. 그러나 이라치에 와서는 그런 것에 더 이상 신경 쓰지 않았다. 남루하고 궁색한 삶이었지만 느긋하고 낙천적인 사람들을 보며 깨달은 지혜였다. 준혁이는 브라질에 와서 처음으로 안정된 마음으로 운동에만 매달리며 자신을 단련해 나갔다. 훈련을 시작하기 전에 항상 먼저 운동장에 나가 몸을 풀고, 훈련이 끝난 뒤에는 공이나 콘 같은 물건들을 남보다 먼저 정리했다. 단조롭고 힘든 생활이었지만 마음은 편한 나날들이었다.

이번에는 꼭

시합은 주로 주말에 열렸다. 팀 훈련은 시합 일정에 맞춰 오전과 오후로 나누어서 이루어졌다.

월요일 오전은 주로 체력 훈련과 회복 훈련이었다. 시합이 힘들었던 경우에는 회복 훈련을 했고, 가볍게 끝난 시합일 경우에는 체력 훈련을 했다. 그리고 오후에는 시합을 뛴 선수들과 뛰지 못한 선수들로 나누어 자체 게임을 했다. 화요일 오전엔 스피드 훈련과 근력 훈련, 그리고 오후에는 전술 훈련을 했다. 수요일에는 슈팅 연습이 있었고 목요일엔 토요일에 있을 시합에 대비하여 상대 팀을 분석한 뒤, 자체 게임을 했다.

시합을 앞둔 금요일에는 긴장을 풀어야 했다. 오전에는 놀이처럼 가벼운 게임과 전체적인 전술 훈련을 주로 했다. 그리고 점심을 먹고 나면 게임에 출전할 선수들 명단인 엔트리 발표가 있었다.

엔트리가 발표된 다음 모든 선수들은 휴식 시간을 가졌다. 일주일 간의 훈련이 모두 끝나는 것이었다. 이때부터는 엔트리에 든 선수들은 외출이 금지되었다. 숙소 밖으로 한 발자국도 나가지 못했다. 다음 날 있을 시합에 대비해 몸도 관리하고 집중력도 잃지 않도록 신경 써야 하기 때문이었다. 시합을 앞둔 선수들의 긴장. 그 순간은 자신을 들여다보는 고독한 시간이기도 했다. 모든 선수들은 누구도 대신해 줄 수 없는 그런 시간을 견뎌 내면서 성장해 갔다.

자체 게임을 할 때도 주전 A팀과 후보 B팀으로 나뉘었다. 엔트리에 들어가는 선수들은 주로 A팀에서 뽑았다. A팀과 B팀으로 나누어 연습 게임을 했지만 사실 그 차이는 별로 없었다. 이미 클럽의 선수가 된 것만으로도 실력은 보통이 넘는 아이들이었다. 준혁이는 항상 A팀에 들었지만 엔트리에 뽑히지는 못했다.

"헤이, 쥬니!"

어느 날, 훈련이 끝나고 축구공을 챙기고 있는 준혁이를 쥬베르토 감독이 불렀다. 훤칠한 키에 운동으로 단련된 단단한 몸. 쥬베르토 감독은 웬만한 선수들보다 몸집이 더 좋았다.

"네!"

준혁이는 얼른 달려갔다. 면도 자국이 새파란 얼굴, 부드러운 갈색 눈동자가 준혁이를 보고 웃고 있었다.

"요즘 어때?"

"좋아요. 컨디션도 좋고 운동도 잘되고. 아무 문제 없어요."

준혁이는 웃으며 어깨를 으쓱했다. 다닐로에게 배운 동작이었다. 쥬베르토 감독은 고개를 끄덕이며 싱긋 웃었다.

"너는 항상 웃는 얼굴이더라. 그래야 해. 힘들지만 웃으며 지내다 보면 언젠간 너에게 기회가 주어질 거야."

쥬베르토 감독은 준혁이 어깨를 툭툭 두드려 주고 갔다.

준혁이는 마치 하늘을 나는 것 같았다.

'하늘처럼 까마득하고 어렵기만 한 감독이 나한테 먼저 말을 걸어 주다니. 그것도 칭찬을?'

준혁이는 믿기지 않아 허벅지를 꼬집어 보았다.

"아야!"

아픈 걸 보니 분명 꿈은 아니었다.

"이야호!"

숙소까지 어떻게 왔는지 몰랐다. 구름을 딛고 걷는 것 같았다.

그날부터 준혁이는 더 열심히 훈련에 매달렸다. 자연스럽게 실력이 늘었고 실력이 는 만큼 자신감도 붙기 시작했다. 어렵

게만 여겨지던 감독과 코치도 편안하게 느껴졌다.

3월부터 시작되는 '코파 트리뷰나(COPA TRIBUNA)' 대회 때문에 선수들은 잔뜩 긴장해 있었다. 이 대회는 빠라나 주(州) 전체에 있는 프로 팀, 아마추어 팀, 축구 학교 등 모든 팀들이 참가하는 큰 대회였다. 전년도에는 마흔 개가 넘는 팀이 출전해서 실력을 겨뤘다. 라디오에서는 예선전부터 중계 방송을 했으며 8강전부터는 텔레비전까지 나서서 중계했다.

선수들 사이에 엔트리에 들기 위해 보이지 않는 신경전이 계속되었다. 함께 훈련하고 한 지붕 아래서 지내는 선수들이었지만 한 치의 양보도 없었다.

"쥬니, 이번 주엔 정말 잘했어. 내일 오후에 발표되는 엔트리에 꼭 들 거야."

목요일에 저녁을 먹은 뒤였다. 슈하스코가 준혁이에게 말을 걸어 왔다. 엔트리에 들기 위해 준혁이는 잔뜩 긴장해 있었다. 마치 살얼음판을 걷는 것 같은 하루하루였다.

"고마워. 열심히 하다 보면 언젠가 나에게도 기회가 오겠지."

웃으며 말했지만 그러길 바라는 마음은 굴뚝같았다. 그러나 그게 자기 뜻대로 되는 일이던가?

"이번엔 될 거야. 그게 하느님 뜻이라면 말이야."

다닐로도 옆에서 거들었다.

"그래. 너희 하느님께 기도나 잘해 줘. 이번엔 꼭 뛸 수 있게."

그날 밤 준혁이는 잠들기 전에 기도를 했다. 한 번도 교회에 나가지 않았지만 마음이 다급해지니 저절로 하느님이 찾아졌다.

"하느님, 이번엔 꼭 엔트리에 들게 해 주십시오. 제가 얼마나 열심히 했는지는 하느님도 아실 겁니다. 그래도 모자란다면 앞으로 더 열심히 하겠습니다. 이번엔……, 이번엔 꼭 뛸 수 있게 해 주세요. 꼭!"

준혁이는 간절한 마음으로 두 손을 모았다.

기도 덕분이었을까? 금요일 오전 훈련을 마친 다음 코치가 준혁이에게 다가왔다.

"쥬니, 곧 좋은 소식이 있을 거야."

코치는 의미심장한 웃음을 지으며 준혁이 어깨를 두드려 주고 갔다.

'좋은 소식? 혹시……, 이번에?'

오후 훈련을 마치고 코치가 엔트리 명단을 불렀다.

"다닐로, 지오구, 로드리고, 쥬니……."

코치가 분명 '쥬니'라고 불렀다. 준혁이는 자기가 잘못 들은 건 아닌가 싶어 잠시 주춤거렸다.

"쥬니, 축하해!"

슈하스코가 먼저 자기 일처럼 펄쩍펄쩍 뛰었다.

"헤이! 하느님이 내 기도를 들어줬어. 하하하하."

다닐로도 준혁이를 안으며 등을 두드려 주었다.

"그래, 다닐로. 너희 하느님은 참 좋으시다."

준혁이는 친구들을 으스러져라 끌어안았다. 마음 같아서는 미친 듯이 운동장을 펄쩍거리며 뛰고 싶었다.

센터포드에서 윙백으로

다음 날 팀 전용 구장에서 파나치꼬 팀과 첫 시합이 벌어졌다. 준혁이는 락커룸에서 유니폼을 갈아입었다. 등 번호 14번. 가슴이 걷잡을 수 없이 뛰었다.

그러나 준혁이는 최종 베스트 일레븐에 끼지 못했다. 타고 있던 엘리베이터가 그대로 밑으로 곤두박질치는 것 같았다. 누군가 머리에서부터 얼음물을 뒤집어씌우는 것 같은 느낌. 입 안이 모래가 든 것처럼 버썩거렸다.

"쥬니, 다음엔 기회가 주어질 거야. 실망하지 마."

슈하스코와 다닐로는 경기장에 나가며 준혁이를 위로했다. 포지션이 달랐지만 슈하스코와 다닐로는 자기들만 시합에 나가는 걸 미안해했다. 자기들 역시 그런 경험을 수없이 해본 아이들이었다. 어려서부터 축구공을 차며 자란 그들은 근본적으로 단순하고 순진했다. 그리고 사람에 대한 따뜻한 마음을 지닌 좋은 선수들이었다.

준혁이는 마음을 비웠다. 마음을 비우니 처한 상황도 달라 보였다.

"하느님이 우릴 지켜 주실 거야. 파이팅!"

준혁이는 진심으로 팀 선수들을 격려했다. 뛰는 선수는 열한 명이었지만 시합은 그들만으로 되는 게 아니었다. 감독과 코치, 팀 닥터 등 스텝과, 벤치에 앉아 준비하고 있는 후보 선수들까지 한마음이 되어야 좋은 성적을 얻을 수 있었다.

"헤이! 오른쪽. 오른쪽이 비었어."

"다닐로. 조심해라! 뒤에 붙었다!"

준혁이는 목이 터져라 팀 선수들을 응원했다.

첫 홈 게임에서 이라치는 파나치꼬를 4대1로 가볍게 이겼다. 감독과 코치, 선수들은 한 덩어리가 되어 승리의 기쁨을 만끽했다. 다음 시합은 일주일 뒤에 예정된 엔징에루 멜루뚜렁 팀과의 어웨이 경기였다.

약체 엔징에루 멜루뚜렁은 이라치의 적수가 아니었다. 이라치는 가볍게 이겨 조 1위 무패로 1차 예선을 통과했다. 그리고 2차 예선에서도 조 1위로 8강에 올랐다.

준혁이는 2차 예선에도 베스트에 들지 못했다. 속이 까맣게

타들어 갔다. 8강이 확정되고 난 다음 일주일 휴식 기간이 있었다.

"모두 수고했다. 다음 주 월요일까지 특별 휴가다. 그동안 푹 쉬어 둬라."

쥬베르토 감독은 선수들에게 사흘간의 특별 휴가를 주었다.

"어유, 살았다. 사흘 동안 잠만 잘 거니까 깨우지 마."

숙소로 돌아오는 길에 슈하스코가 말했다. 8강까지 시합을 뛰었던 슈하스코의 얼굴은 지치고 피곤해 보였다.

'나도 저렇게 피곤할 때까지 시합 좀 뛰었으면……!'

준혁이는 슈하스코의 피곤함까지 부러웠다.

"난 기분 좀 풀러 가야겠다. 그동안 너무 힘들었어. 헤이, 오늘 저녁 어때?"

로드리고는 특유의 건들거리는 폼으로 다닐로에게 윙크를 하며 꼬셔 댔다. 짧은 휴가였지만 선수들은 저마다 신바람이 나서 계획을 세웠다.

저녁을 먹은 다음 준혁이는 혼자 운동장으로 나갔다. 운동화 끈을 단단히 조여 맨 다음 운동장을 달렸다.

한 바퀴,

두 바퀴,

세 바퀴…….

"하아, 하아,……!"

가쁜 호흡과 함께 가슴이 터질 것처럼 조였다. 이마를 타고 흘러내린 땀이 눈으로 들어갔다. 눈이 따가웠다. 그래도 준혁이는 멈춰 서지 않았다. 가슴은 점점 더 조여들었다. 육체적인 고통은 머릿속에 가득 찬 복잡한 생각들을 몰아내 주었다. 머릿속이 탈색된 것처럼 하얘지기 시작했다. 아무 생각도 들지 않았다. 시합에 뛰지 못한 초조함, 뛰는 선수들에게 느꼈던 부러움, 아버지에 대한 미움과 엄마와 소정이에 대한 그리움까지. 그러다 어느 순간 목까지 차오른 숨이 탁 트였다. 호흡이 터진 것이다.

"휴우……."

이제 고통은 느껴지지 않았다. 이제부터는 아무리 달려도 숨차지 않았다. 다리는 저절로 운동장을 돌고 있었다. 준혁이는 어두워져 앞이 보이지 않을 때까지 운동장을 달렸다.

"쥬니, 너 미쳤냐? 혼자 뭐 하고 온 거야?"

땀으로 범벅이 된 채 숙소로 들어오는 준혁이를 보고 슈하스코가 물었다. 다닐로는 외출했는지 보이지 않았다.

"이렇게라도 해야 잠이 올 것 같아."

특별 휴가 사흘 동안 준혁이는 하루도 빠지지 않고 운동장을 달렸다. 달리는 순간만은 자신을 옥죄는 강박감과 초조감에서 해방될 수 있었다.

사흘간의 휴가가 끝난 뒤 다시 훈련이 시작되었다. 그런데 A팀 윙백이 시합 도중에 입은 부상이 회복되지 않은 모양이었다. A팀 윙백은 전기 리그 끝날 때까지 시합을 하기엔 무리라는 진단을 받았다. 그 일은 준혁이에게도 영향을 주었다.

"쥬니, 넌 오른발과 왼발을 자유롭게 쓰고 센터링이 정확하니 윙백을 한번 해 봐라."

쥬베르토 감독은 B팀 윙백을 A팀으로 올렸다. 그리고 A팀에서 센터포드를 맡고 있는 준혁이에게 B팀 윙백으로 뛰게 했다.

'뭐고, 다시 B팀으로 내려가다니!'

주전인 A팀에서 B팀으로 내려온 준혁이는 다시 실망에 빠질 수밖에 없었다. 물론 B팀에서도 주전으로 뽑힐 수 있었다. 그래도 기분이 달랐다. 그러나 포지션을 바꾼 것이 준혁이에겐 뜻밖의 기회가 되었다.

그동안 키가 좀 더 자랐지만 173센티미터 정도 되는 준혁이는 센터포드로는 조금 작았다. 대신 몸무게 60킬로그램의 날렵한 몸은 움직임이 많은 윙백을 소화하기에 적합했다. 물론 움직임이 많은 만큼 체력이 뒤따라야 했다. 하지만 체력이 조금 부족한 대신 준혁이에겐 근성이 있었다.

준혁이는 때에 따라 수비도 하고 공격도 하는 지능적인 플레이를 펼쳤다. 힘은 들었지만 센터포드 때보다 훨씬 창의적으로 게임을 풀어 나갈 수 있었다. 준혁이가 생각하기에도 윙백이 자기한테 맞는 것 같았다. 쥬베르토 감독은 그런 준혁이를 보며 고개를 끄덕였다. 윙백으로 몇 번의 연습 게임을 치른 준혁이는 8강 시합을 앞두고 윙백으로 다시 엔트리에 들어갔다. 그러나 결승전이 끝날 때까지 시합은 뛰지 못했다.

상반기 코파 트리뷰나 시합에서 이라치 팀은 우승했다. 게임을 뛰지 못해 아쉬웠지만 엔트리에 들어간 것만으로도 준혁이는 커다란 경험이 되었다. 클럽은 후기 리그를 기다리며 긴 겨울 휴가에 들어갔다.

겨울 휴가

쿠리치바로 간 준혁이는 오랜만에 편안한 잠자리에서 푹 잤다. 지아가 해 주는 맛있는 음식도 실컷 먹을 수 있었다. 황 선생님께 부탁해 라면도 끓여 먹었다.

"짜식! 외국에 나왔으면 외국 음식에 길들여져야지. 아직까지 한국 음식 찾으면 어떡해."

황 선생님은 야단치면서도 미역국도 끓여 주고 라면이나 김치를 구해 주었다. 김치나 라면은 상파울루까지 가서 구해 와야 했다.

생각해 보니 이번 상반기는 순식간에 지나가 버린 것 같았다. 비록 후보 선수였지만 다른 지방으로 시합 다니느라 늘 긴장된 생활이었다. 준혁이는 모처럼 편안한 마음으로 한국 음식을 먹으며 푹 쉬었다. 열심히 뛰고 난 다음에 맞이한 휴가는 솜

사탕처럼 달았다. 몸이 편하니 한국 생각이 간절하게 났다.

"다들 어떻게 지내고 있을까?"

오랜만에 준혁이는 피시 방에 가서 메일을 열어 보았다. 부모님과 친구들이 보낸 메일도 많았지만 그보다는 스팸 메일이 더 많았다. 혹시나 했는데 소정이가 보낸 메일은 역시 없었다. 가시에 찔린 것처럼 가슴이 아릿했다. 그러나 그 아픔도 처음보다 많이 무뎌진 느낌이었다. 준혁이는 메일을 하나하나 정리하고 읽어 보았다.

준혁아, 잘 지내고 있제?

브라질 선수들이 아마 니 앞에서 쪽도 못 쓸 거다. ㅎㅎㅎㅎ

몸 다치지 않게 조심하고, 꼭 성공해서 우리 앞에 나타나라. 그때까지 보고 싶어도 우리 견디자.

이번 KJ신문사에서 주최하는 전국 시합이 있었는데 우리 학교가 16강에 들었다. 다음 주에 8강 시합이다. 8강에서 4강, 결승전까지 올라가야 할 텐데. 한 게임이라도 더 뛰어야 감독들 눈에 띌 거 아니가. 내가 뛰는 걸 보고 내가 원하는 고등학교 감독이 나를 스카웃해 주면 얼마나 좋겠노! 혼자 아무리 열심히 해도 팀 선수들이 함께 잘하지 못하면 성적을 못 내니……. 뭐, 잘되겠지! 다들 열심히 하니까.

진학이나 돈 같은 거 걱정 없이 축구만 할 수 있다면 소원이 없겠다. 일영이는 돈이 없어 벌써 축구 그만두고 교실에 올라 갔다. 공부를 한다고 하는데……. 그동안 공부는 하나도 못하고 있다가 중3이 되어서 따라 갈 수 있겠나. 많이 힘든가 보더라.

그리고 우리가 1학년 때 3학년 선배였던 조조 형 기억나지? 그 선배, 고등학교 가서 1학년 때부터 시합 뛰고 그랬잖아. 그 런데 사 년 전액 장학생으로 K대학교에 가기로 벌써 결정됐다 는 소문이더라. 아직 2학년인데 말이다. 조조 형이 뛰어나기도 하지만 다른 선수들도 다 실력이 좋아 성적을 잘 내는 모양이 더라. 요즘 같아서는 세상에서 제일 부러운 사람이 조조 선배 다. 동우 선배, 그 또라이는 고등학교 가서도 사고 쳐서 축구 그 만두었다더라. 후배들 그렇게 괴롭혔는데, 꼬시다 싶다가도 한 편 안됐다는 생각도 들더라.

나도 생각했던 고등학교로 진학이 안 되면 운동 접을까 싶 다. 성적도 못 내는 고등학교에 갔다가 대학 못 가면 어쩌냐? 함께 운동했던 친구들도 대부분 그 문제 때문에 지금 고민하고 있다. 이래저래 요즘 나도 머리가 복잡하다.

준혁아, 보고 싶다.

땀 냄새 풍기며 같이 뒹굴던 때가 엊그제 같은데 벌써 이 년 이 다 되어 가네.

몸조심하고 잘 지내라.

친구 길상이가.

'휴……, 나만 힘든 게 아니구나.'

고등학교 진학을 앞두고 고민하고 있을 친구들 모습이 환하게 떠올랐다.

"조조 형은 좋겠다. 벌써 대학까지 결정되고……."

공부하는 아이들에게 내신이 중요하듯 축구하는 아이들도 팀 성적이 중요했다. 다른 점이라면 공부는 개인 성적이지만 축구는 팀 성적이라는 것이었다.

중3 때 전국대회에서 8강에 들어야 괜찮은 고등학교로 진학할 수 있었고, 고등학교 3학년 때도 같은 성적을 거둬야 그나마 이름 있는 대학에 선수로 진학할 수 있었다. 하지만 말이 쉬워 8강이지 전국의 수많은 중, 고등학교 축구부 가운데 몇 개되지 않는 전국 시합에서 8강에 든다는 건 보통 어려운 일이 아니었다.

치열한 경쟁을 뚫고 이름 있는 대학에 진학한다고 해도 뛰어난 몇몇 선수를 제외하곤 일반 학생들과 똑같이 등록금을 내야 했다. 어려서부터 만만찮은 돈을 들여 운동하며 대학의 장학생이나 프로 선수의 꿈을 키웠지만 그 꿈을 이룰 수 있는 선수는 극히 적었다. 고등학교까지 축구를 했던 선배들도 대부분 대학 진학을 앞두고 운동을 그만두는 경우가 많았다.

'내년이면 나도 고등학생인데……. 빨리 한국으로 돌아가 시합을 뛰어야 대학교 감독이나 프로 팀 감독 눈에 띌 텐데……. 브라질에 가면 모든 게 다 될 것 같았는데…….'

낯선 언어와 문화, 한국에 대한 그리움, 한국에서보다 더 치열한 경쟁과 불투명한 미래. 어느 것 하나 쉬운 게 없었다. 오랜만에 접한 한국 소식이었지만 마음은 무거웠다.

'이소정. 나 같은 건 벌써 잊어버렸을까? 하긴, 이 년이나 흘렀는데…….'

다시 소정이 생각이 떠오르자 가슴 한구석에서 찬바람이 불었다. 힘들 때마다 떠오르던 얼굴, 수없이 썼다 찢어 버렸던 편지와 그 편지보다 더 많이 썼다 지워 버린 메일들. 소정이의 전화번호를 누르고 싶어 주먹을 쥐며 참았던 순간들은 또 얼마나 많았던가.

'그래. 지금은 아니다. 이다음에……! 다음에, 언젠가 자랑스러운 모습으로 다시 네 앞에 설 거다.'

준혁이는 입술을 깨물며 중얼거렸다.

집에 돌아오니 대식이가 혼자 텔레비전을 보고 있었다.

"용철이랑 봉수는?"

"살 게 있다고 마트에 갔어."

대식이는 텔레비전에서 눈을 돌리지 않은 채 대답했다. 대식이는 유럽 축구 챔피언 리그전을 보고 있었다. 준혁이는 대식이 곁에 앉아 함께 시합을 구경했다.

"이번 전기 리그에서 너희 팀이 우승한 거 축하해."

대식이가 지나가는 말투로 가볍게 말했다. 의외의 축하에 준혁이는 잠시 멈칫했다. 준혁이가 쿠리치바를 떠나 그런 걸까? 대식이한테서 느껴지던 경계심이 전보다 훨씬 옅어진 것 같았다.

"어……, 고마워. 쿠리치바는 8강까지 올랐지?"

"이라치와의 시합을 기대했는데 만나지 못해 아쉬웠어."

대식이의 도전적인 말에 준혁이는 슬그머니 오기가 생겼다.

'그래? 나랑 한번 겨뤄 보고 싶다 이거야?'

이라치 팀을 말한 거였지만 준혁이에게는 자기와 겨뤄 보고 싶다는 의미로 들렸다.

"후기 리그가 있으니 그때 잘하면 만날 수 있겠지."

준혁이 말에도 날이 서기 시작했다.

"너는 운이 좋은 경우야. 브라질에 와서 별 어려움 없이 운동할 수 있었고, 이 년도 채 안 돼 선수가 되었잖아."

'내가 운이 좋다고? 그래서 지금 배 아프다 말이가? 내가 선

수가 되는데 뭐 보태 준 거라도 있냐?'

준혁이는 조금 황당한 표정으로 대식이를 바라보았다. 대식이는 준혁이의 마음을 읽기라도 한 듯 다시 말을 이었다.

"쿠리치바에 있을 때 너한테 신경 써 주지 않았다고 서운했을 거야. 하지만 난 그럴 여유가 없었어. 나를 지키기에도 힘들었으니까."

"그랬겠지."

준혁이는 시큰둥하게 대답했다. 대식이는 그런 준혁이를 무시하고 이야기를 계속 이어 나갔다.

"난 처음 브라질에 와서 한국 사람이 운영하는 축구 학교로 들어갔는데 사흘 만에 그곳을 나왔어. 술 마시고, 담배 피는 건 기본이고, 머리는 노랗게 물들인 아이들. 밤이면 이상한……. 암튼 견딜 수가 없었어. 황 선생님을 만나기까지 얼마나 고생했는지 말로는 다 설명할 수가 없어. 쿠리치바에서 네가 연습생으로 고생한 건 아무것도 아니야."

대식이는 굳은 얼굴로 혼잣말처럼 중얼거렸다. 처음 듣는 이야기였다. 만난 지 이 년이 다 되어 가지만 속엣말은 서로가 한 번도 나눈 적 없었다. 그렇지만 이제 와서 대식이가 먼저 그런 이야기를 한다고 준혁이 마음이 움직이지는 않았다.

"네가 얼마나 고생을 했는지 모르겠지만 모든 걸 자기 기준으로 평가하고 판단하지 마. 나는 나대로, 너는 너대로. 상관하지 말고 서로 자기 길을 가면 되는 거 아니냐? 처음에는 너한테 서운한 마음이 없었다고는 않겠다. 하지만 지금은 아무 감정 없다."

준혁이는 최대한 감정을 억제한 말투로 말했다. 말을 하고 보니 정말 마음이 정리되는 것 같았다. 쿠리치바에서 대식이 때문에 힘들었던 기억도 이젠 잊을 수 있을 것 같았다. 그렇지만 아직 대식이를 같은 축구 유학생으로 보기보다는 경쟁자로 생각하고 있었다.

"언제가 될지 모르지만 우리 경기장에서 만나자."

준혁이는 대식이를 바라보며 제안했다.

"그래? 열심히 해 봐."

먼저 마음을 열고 이야기를 시작했는데 준혁이가 차가운 반응을 보이자 대식이는 비웃듯 말하더니 자기 방으로 들어갔다.

'흥! 호락호락하진 않을 거다!'

순혁이는 대식이의 등을 꼬나보며 중얼거렸다.

수비수인 대식이는 공에 대한 집착이 놀라울 정도로 강했다. 자기가 마크할 선수를 악착같이 물고 늘어져 여간해선 실수를 하지 않았다. 그런 근성 때문에 대식이는 주전 자리를 놓치지 않고 있었다.

'얼마나 고생을 했는지 모르겠지만, 그런 고생을 겪었기 때문에 그만큼 잘하는지도 모르지.'

같은 나이였지만 대식이와 준혁이는 많이 달랐다. 대식이는 자신을 관리하는 데 얄미울 만큼 철저했다.

준혁이는 텔레비전을 보다 밤늦게 자는 경우가 많았다. 그러나 대식이는 밤10시가 되면 아무리 재미있는 프로를 보다가도 잠자리에 들었다. 그리고 하루도 빠지지 않고 정해진 시간에 웨이트 트레이닝을 했다. 보통 선수들은 훈련은 열심히 하더라도 몸 만드는 건 소홀하기 쉬웠다. 그러나 대식이는 몸 만드는 것도 게을리하지 않았다. 거기다 감독이나 코치 눈에 들려고 애쓰는 걸 보면 혀를 내두를 지경이었다.

혼자 이런저런 생각을 하고 있는데 대문 열리는 소리가 들려왔다. 용철이와 봉수가 들어오는 모양이었다. 바깥은 벌써 어둠이 깃들고 있었다.

겨울 휴가를 일주일 남겨 두고 준혁이는 다시 이라치로 내려갔다. 친구 슈하스코가 가장 반겨 주었다.

"쥬니, 심심해서 죽는 줄 알았어. 이제 네가 와서 좀 살 것 같아."

슈하스코는 집에 돌아갈 차비가 없어 휴가 기간 동안 숙소에 남아 있었다고 했다. 버스를 타고도 나흘이나 걸려야 도착할 수 있다는 먼 고향. 버스비도 없는데 비싼 비행기 여행은 꿈도 꿀 수 없었다. 준혁이는 쿠리치바에 가서 혼자만 쉬고 온 게 미안했다.

"슈하스코, 오늘은 내가 쏠게. 우리 페이죠아다 먹으러 가자."

"정말?"

슈하스코 얼굴이 기쁨으로 환해졌다.

이라치에는 페이죠아다를 아주 잘하는 식당이 있었다. 그 식당은 항상 오후에만 문을 열었다. 시설은 허름하고 보잘것없지만 예약을 하지 않고 가면 자리가 없을 정도로 사람들로 붐볐다.

페이죠아다는 처음 브라질에 노예로 잡혀 온 흑인들이 즐겨 먹던 요리였다. 살코기는 주인들이 먹고 노예들에게는 돼지 귀, 발, 코 같은 찌꺼기들을 모아 콩과 함께 삶아 주었던 요리였다. 그런데 뛰어난 맛으로 차츰 브라질의 대표적인 전통 요리로 자리 잡았다.

돼지고기와 비계, 햄을 듬뿍 넣어 콩과 함께 푹 삶아낸 페이죠아다를 밥에 끼얹어 먹으면 그 구수한 맛은 말로 표현할 수 없었다. 거기에다 새콤한 샐러드와 레몬을 곁들이면 최고였다.

페이죠아다는 먹고 나면 배가 굉장히 든든한 요리였다. 보통 사람들은 한 접시 먹고 나면 더 이상 먹지 못했다. 슈하스코와 준혁이는 허리띠를 풀어 제치고 페이죠아다를 세 접시씩이나 먹었다. 커다란 항아리에 담긴 고기부터 건져 먹고 종업원에게 더 달라고 하면 계속해서 고기를 채워다 주었다.

"쥬니, 난 이제 더는 못 먹겠다. 목까지 꽉 찼어."

슈하스코가 숨을 내쉬며 먼저 떨어져 나갔다. 준혁이도 너무 배불러 말할 기운도 없다는 듯 고개를 저었다.

슈하스코와 준혁이는 빵빵하게 부른 배를 안고 어기적거리며 숙소로 돌아왔다. 그리고 침대에 올라가 코를 골며 곯아떨어졌다. 페이죠아다를 세 접시나 먹은 배를 안고 할 수 있는 일은 아무것도 없었다. 그럴 때는 그냥 곯아떨어지는 게 최선이었다.

지독한 향수병

겨울이 지나고 봄이 오면서 비가 자주 내렸다. 비가 내리면 날씨가 쌀쌀하다가도 해가 나면 이내 따뜻해졌다. 봄이었지만 이상하게 여름처럼 더운 날씨가 며칠 이어졌다. 그날도 아침부터 날씨가 더웠다.

"봄도 없이 바로 여름이 시작되는 갑다."

준혁이는 반팔 셔츠를 꺼내 입으며 슈하스코와 날씨 이야기를 했다. 그런데 오후에 한바탕 비가 내리고 난 뒤 기온이 뚝 떨어졌다. 짧은 반팔 셔츠만 입고 있던 준혁이는 그만 감기에 걸리고 말았다.

열이 40도 가까이 오르고 온몸이 쑤시기 시작했다. 밥맛도 뚝 떨어져 버렸다. 맛있게 먹던 브라질 음식이 쳐다보기도 싫었다. 그 대신 엄마가 해 주는 된장찌개와 김치가 눈물이 쑥 빠질 만큼 먹고 싶었다. 시원한 모시조개를 넣고 끓인 된장국 한 그릇만 먹으면 당장 일어날 수 있을 것 같았다.

"엄마 ……."

준혁이는 고열에 들떠 엄마를 불렀다. 몸이 아프니까 온갖 생각이 다 들었다.

'이렇게 먼 곳까지 내가 뭐 하러 왔을까? 그냥 한국에서 편하게 운동할 수도 있었는데…….'

친구들과 엄마 생각이 간절했다. 너무 아프다 보니 잠도 오지 않았다. 친구들이 모두 운동하러 나간 빈 방에서 준혁이는 혼자 끙끙거리며 앓았다.

"쥬니, 좀 어때?"

운동을 마치고 온 슈하스코와 다닐로가 침대로 다가오며 걱정스럽게 물었다. 준혁이는 벌써 이틀이나 운동을 못한 채 앓고 있었다.

"다닐로, 너희 하느님께 기도 좀 해라. 내가 빨리 낫게."

준혁이가 겨우 중얼거리자 다닐로가 생각난 듯이 자기 사물함을 뒤졌다.

"쥬니, 이거 저번에 내가 감기로 아팠을 때 먹었던 약이야. 우선 이거라도 먹어 봐. 그래도 낫지 않으면 병원에 가야지."

준혁이는 다닐로가 준 약을 먹고 가까스로 잠들었다.

해운대 바닷가 같았다. 준혁이는 같이 운동을 했던 친구들과 모래밭에서 축구를 하고 있었다.

"야! 그동안 잘 있었냐? 우리 이렇게 함께 공을 차 본 게 얼마만이야?"

준혁이는 너무 기뻐 어쩔 줄 몰랐다. 친구들에게 멋지게 공 차는 모습을 보여 주려고 한껏 폼을 잡았는데 순간 친구들이 하나도 보이지 않았다. 자기 혼자 뜨거운 태양이 내려쬐는 백사장에 서 있었다.

"야, 다들 어딨노? 어이!"

준혁이는 친구들을 부르며 백사장을 뛰어다녔다. 가도 가도 끝없는 모래밭. 이글거리는 태양 때문에 모래는 타는 듯 뜨거웠다.

"길상아! 일영아……! 민우야! 지영아……!"

아무런 소리도 들리지 않고 자신의 목소리만 백사장에 퍼져 나갔다. 준혁이는 두려움에 사로잡혀 엄마를 부르며 달렸다.

"엄마! 엄미……!"

저만치서 무엇이 준혁이를 잡으러 달려오고 있었다. 머리까지 덮은 검은 망토. 귀신들이었다.

"으흐흐흐흐……."

그들은 유령처럼 흐느적거리며 준혁이 뒷덜미를 낚아채려

고 다가왔다. 아무리 기를 쓰고 달려도 제자리였다. 발이 땅에
붙은 것처럼 꼼짝도 하지 않았다.

"아악!"
준혁이는 비명을 지르며 벌떡 일어났다.
"쥬니, 왜 그래?"
바로 위 칸 침대에서 자고 있던 슈하스코가 놀라서 내려왔다.
"이 땀 좀 봐. 너 꿈꿨구나?"
슈하스코가 수건으로 이마의 땀을 닦아 주었다.
"꿈……. 악몽을 꿨어."
준혁이는 힘없이 누우며 중얼거렸다.
"안 되겠다. 내일 아침 병원에 가야겠어."
슈하스코는 찬 물에 적신 수건을 준혁이 머리에 얹어 주며
걱정스러운 얼굴로 말했다.
'엄마 …….'
준혁이는 입술을 깨물며 엄마를 불렀다. 소리 없이 흐르는
눈물이 베갯잇을 적시고 있었다.
준혁이는 꼬박 일주일을 앓고 난 다음 자리에서 일어났다.
지독한 감기였다. 그러나 감기는 다 나았지만 한번 떨어진 입
맛은 돌아오지 않았다. 준혁이는 끼니때마다 죽을 맛이었다.

운동하려면 먹어야 하는데 도무지 음식이 넘어가지 않았다. 그뿐만이 아니었다. 몸은 피곤한데 자리에 누워도 잠이 오지 않는 것이었다. 밤 늦게까지 뒤척이다 가까스로 잠들면 가위에 눌려 헛소리를 하며 깼다. 그럴 때마다 몸은 식은땀으로 흠뻑 젖어 있었다.

"쥬니, 그렇게 안 먹고 어떻게 운동하려고 그래? 우리 페이죠아다 먹으러 갈래?"

슈하스코가 걱정스러운 목소리로 말했지만 준혁이는 고개를 저었다. 다 때려 치우고 한국으로 돌아가고 싶은 마음만 굴뚝같았다. 준혁이는 집으로 전화를 했다.

"엄마, 집에는 별일 없지요……. 예. 실력이 안 늘어서 그렇지 운동은 열심히 하고 있습니다. 곧 주전으로 뛸 수 있을 것 같아요."

언제 주전으로 뛸 수 있을지 몰랐지만 엄마한테는 그렇게 말할 수밖에 없었다.

"며칠 뒤면 추석이라고요……. 엄마도 혼자 있는데요 뭐. 걱정 마세요. 저는 괜찮습니다."

엄마 목소리라도 들으면 좀 나아질까 싶어 한 전화였다. 그러나 전화를 끊고 나자 집에 돌아가고 싶은 마음은 더 간절해졌다.

"휴……! 음악이나 듣자."

준혁이는 이어폰을 끼고 볼륨을 최대한 높였다.

잊을 것은 잊어버려, 답답한 건 털어 버려, 버릴 것은 다 버려 버리고 다시 한 번 시작해.

노래를 들으며 일기를 적기 시작했다.

너무 지치고 힘들다.

아무리 열심히 해도 길은 보이지 않는 것 같다.

마치 꿈속에서처럼 뜨거운 백사장을 혼자 걷는 기분.

하지만 난 걷고 있다. 한 걸음, 한 걸음. 천천히!

처음엔 기고,

지금은 걷고,

…… 언젠가는 뛰게 될 것이다.

〈먹고 싶은 것〉

김치, 라면, 된장찌개, 된장국, 김치찌개, 짬뽕, 자장면, 회, 순대, 비빔냉면, 물냉면, 송편, 떡볶이, 어묵, 닭꼬치, 김밥, 구운 김, 게장, 금방 담근 김치, 배추 겉절이, 떡국, 수제비, 미역국,

삼각김밥, 불고기, 삼겹살, 닭볶음, 족발, 고등어조림, 갈치구이, 초코파이, 붕어빵, 바나나우유, 크림빵, 새우깡, 스크류바…….

먹고 싶은 것들이 끝도 없이 떠올랐다. 준혁이는 떠오르는 대로 모두 적었다. 일기장 한 페이지를 먹고 싶은 것들로 가득 채우고 나니 속이 후련해졌다.

"이걸 다 먹으면 배 터지겠다. 흐흐……."

준혁이는 일기장을 덮으며 중얼거렸다.

"한국 음식 실컷 먹었으니 이제 내일부터는 브라질 음식 먹어야지."

지독한 향수병에서 벗어나려고 준혁이는 그렇게 발버둥치고 있었다.

몸 따로 마음 따로

후기 리그가 시작되었지만 준혁이는 여전히 엔트리에 들지 못했다.

'열심히 하다 보면 언젠가 감독의 눈에 들겠지.'

실망하지 않고 묵묵히 운동만 하기로 했다. 확실한 건 아무것도 없었다. 하지만 열심히 하면 언젠간 뛸 수 있을 거라는 믿음이 생겼다. 그런 믿음은 처음 브라질에 왔을 때보다 훨씬 향상된 실력 때문이기도 했다. 가끔 엔트리에 들지 못하면 감독에게 따지는 아이들이 있었다. 한국 같으면 꿈도 못 꿀 일이었지만 브라질에서는 그게 가능했다.

'그런다고 상황이 바뀌는 것도 아닌데. 하긴, 얼마나 답답하면 그러겠노.'

준혁이는 그런 선수들 마음을 이해할 수 있었다. 자기도 그러고 싶은 적이 수백, 수천 번이었으니까. 그러나 지금은 그런 마음도 억제할 수 있었다.

차츰 몸이 회복되면서 이상한 현상이 일어났다. 먹어도, 먹어도 배가 고팠다. 향수병에 고생할 때는 브라질 음식을 못 먹어 고생했는데 지금은 너무 많이 먹어 문제였다.

"쥬니, 너 요즘 왜 그래? 그동안 못 먹은 거 보충하는 거야?"

식당에서 옆자리에 앉은 다닐로와 슈하스코가 걱정스럽다는 듯 말했다.

"몰라. 왜 이렇게 배가 고픈지 모르겠어. 뱃속에 거지가 들어 있나 봐."

준혁이는 세 접시째 음식을 담아 오며 웃었다.

그렇게 밥을 먹어도 밤이 되면 또 배가 고팠다. 준혁이는 숙소 밖에 나가서 피자를 먹거나, 햄버거나 빵을 사 와서 친구들과 먹곤 했다. 엄마가 보내 준 용돈은 먹는 데 거의 다 쓰고 있었다. 엔트리에 들지 못한 스트레스를 먹는 걸로 풀고 있었는지도 몰랐다.

금요일 저녁이었다. 다음 날 있을 시합 때문에 엔트리에 들어간 선수들은 외출이 금지되었다. 밤이 되자 준혁이는 배가 고파 견딜 수 없었다.

"어이, 우리 피자 먹으러 안 갈래?"

준혁이는 슈하스코와 다닐로를 꼬시기 시작했다.

"외출 금지잖아. 안 돼."

엔트리에 들어간 슈하스코와 다닐로는 고개를 저으며 웃었다.

"야, 배고파 죽겠다. 아무도 몰래 잠깐 나갔다 오는 건데 뭐. 가자, 응?"

준혁이는 계속 졸랐다. 그러나 두 친구는 고개만 저을 뿐 끄덕하지 않았다.

"좋아! 나중에 딴 말 하지 마."

준혁이는 혼자 숙소 밖으로 나갔다. 피자 집은 숙소에서 한 이십 분쯤 떨어진 시내 중심가에 있었다. 중심가엔 나이트클럽과 술이나 음료수를 파는 바도 있었다.

준혁이는 피자 집에 들어가 혼자 피자 한 판을 다 먹어 치웠다. 그러고는 어슬렁거리며 나와 불 켜진 가게들을 기웃거렸다. 발걸음은 어느새 나이트클럽 앞에 서 있었다. 카니발이 열렸을 때 친구들과 놀러 갔던 나이트클럽이었다. 어둠에 잠겨 조용한 동네에 쿵쿵거리는 음악 소리와 번쩍이는 불빛은 전혀 다른 세계처럼 느껴졌다.

'한번 들어가 볼까? 기분도 그런데……'

잠시 망설이고 있는데 누가 준혁이 등을 쳤다.

“헤이, 쥬니!”

프로 선수인 히칼징유가 친구들과 싱글거리며 서 있었다. 함께 온 친구 세 명 가운데 두 명은 여자들이었다. 프로 팀은 이번 주말에 시합이 없어 오늘 오후부터 월요일 오전까지 휴가였다.

“히칼징유! 놀러 나왔구나!”

준혁이는 친구를 만난 것처럼 반가웠다. 자기보다 나이는 많았지만 히칼징유와는 친구처럼 친한 사이였다.

“같이 들어가자. 잠깐 놀다 가.”

히칼징유가 준혁이의 어깨를 치며 찡긋거렸다.

‘안 되는데…….’

하지만 몸은 벌써 히칼징유와 그 친구들을 따라 나이트클럽 안으로 들어가고 있었다. 번쩍거리는 조명과 귀를 찢는 음악, 자욱한 담배 연기 속에서 정신없이 춤을 추고 있는 사람들. 춤을 추지 않으면 술을 마시거나 여자들과 이야기를 하고 있는 사람들. 처음 카니발 때 왔을 때랑 조금도 달라진 건 없었다.

“쥬니, 우리 춤추자.”

히칼징유는 여자 친구와 춤추러 나가며 준혁이를 불렀다. 준혁이는 머뭇거리며 그들과 어울려 춤을 추었다. 처음엔 어색해서 몸이 뻣뻣했다. 하지만 시간이 지나자 준혁이가 가장 신나게 춤을 추고 있었다. 마음은 안 된다고 소리치고 있었지만 몸은 저 혼자 음악에 빠져 들고 있었다.

"너 춤을 아주 잘 추는구나."

옆에 있던 여자 아이가 웃으며 준혁이에게 말을 건넸다. 자기 또래쯤 되어 보이는 갈색 머리의 여자 아이였다. 허리까지 내려오는 치렁치렁한 머리, 가슴과 배꼽이 훤히 드러나는 티셔츠, 엉덩이만 간신히 가린 짧은 반바지.

"어때? 같이 놀래?"

여자 아이는 음악에 맞춰 몸을 흔들며 준혁이에게 다가왔다. 준혁이는 숨이 컥 막히는 것 같았다.

"어……, 그, 그래."

"쥬니, 좋겠다. 하하하하!"

준혁이가 그 여자 아이와 춤을 추는 걸 본 히칼징유가 놀렸다. 얼굴은 빨개졌지만 기분은 최고였다. 망설이던 마음은 어디론가 가 버리고 없었다.

얼마나 그렇게 춤을 추었는지 몰랐다. 잠시 자리로 들어와 땀을 식히고 있는데 같이 춤을 추었던 여자 아이가 준혁이를 불렀다.

"왜?"

준혁이는 그 여자 아이가 이끄는 대로 따라갔다. 여자 아이는 화장실 쪽으로 준혁이를 데려가더니 돌아섰다. 풍선 같은 젖가슴이 가까이 다가왔다. 여자한테서 꽃향기 비슷한 냄새가 혹 끼쳤다. 준혁이는 주춤거리며 뒤로 물러섰다. 그러나 등 뒤는 벽이었다. 더 이상 물러설 곳이 없었다.

"너 축구 선수지? 경기장에서 널 봤어."

준혁이는 당황했다. 여자 아이는 웃으며 더 가까이 다가왔다.

준혁이의 얼굴이 모닥불을 끼얹은 것처럼 달아올랐다. 두근거리는 심장 소리가 천둥처럼 울렸다. 어지럼증과 함께 발밑이 푹 꺼지는 것 같았다.

"왜, 왜 이래!"

준혁이는 눈을 질끈 감은 채 와락 여자 아이를 밀쳤다. 그리고 도망치듯 그 자리를 빠져나왔다.

"후유……!"

밖으로 나온 준혁이는 크게 숨을 내쉬었다. 울렁거리던 가슴이 가까스로 진정되었다. 준혁이는 히칼징유에게 먼저 간다는 말도 하지 않고 숙소로 달렸다. 시간은 벌써 자정을 넘기고 있었다.

'강준혁! 미쳤구나. 이게 무슨 짓이고?'

재미있게 놀 때는 몰랐는데 정신을 차리고 보니 자책감이 파도처럼 밀려왔다. 잘못인 줄 알면서도 뿌리치지 못한 자기 모습에 화가 치밀었다. 그러나 이미 엎질러진 물이었다. 가쁜

숨을 몰아쉬며 막 숙소로 들어가던 준혁이는 안에서 나오던 누군가와 딱 마주쳤다.

"누구야?"

손전등을 들고 소리를 지른 사람은 클럽 숙소를 관리하는 세우니니였다. 세우니니는 나이가 많은 할아버지였다.

"11시까지 들어와야 하는 숙소 규정을 어겼구나. 어딜 갔다 오는 거니?"

세우니니는 고개를 저으며 말했다.

"잘못했어요. 배가 고파 피자 먹으러 나갔다 그만 늦었어요. 죄송합니다."

준혁이는 고개를 숙였다.

"나는 내일 아침에 감독에게 이 사실을 이야기해야 할 책임이 있다. 어서 들어가거라."

준혁이는 어깨가 축 쳐져 방으로 들어갔다. 친구들은 모두 잠들어 있었다.

'휴……! 이게 무슨 꼴이고.'

아무리 뉘우쳐도 이미 엎질러진 물이었다. 준혁이는 땅이 꺼져라 한숨을 내쉬며 잠자리에 들었다.

'감독이 이 사실을 알면 나는 어떻게 될까?'

'엔트리에 들기 위해 얼마나 애썼는데. 이를 악물고 훈련했

는데……!'

그 모든 것들이 한순간의 실수로 다 날아가 버릴 것 같았다.

'바보, 멍청이, 똥개!'

준혁이는 자신에게 욕을 퍼부었다.

'키스라도 한번 해볼걸. 바보처럼 도망치다니.'

머리로는 후회하면서도 마음 한구석엔 아쉬운 생각이 자꾸만 들었다. 눈을 감았는데도 그 여자 아이의 모습이 떠올랐다. 커다란 가슴, 긴 머리. 그리고 이상한 기분을 불러일으키던 여자의 향기. 준혁이는 뒤척거리다 겨우 잠들었다. 꿈속에서도 그 여자 아이는 준혁이를 따라와 치근댔다. 풍선 같은 젖가슴이 얼굴을 눌러 댔다. 숨이 막혔다.

"으, 으악!"

준혁이는 비명을 지르며 일어났다. 팬티가 축축하게 젖어 있었다. 새소리와 함께 창밖이 부옇게 밝아 오고 있었다.

세우니니가 감독에게 이야기를 했는지는 알 수 없었다. 그러나 도둑이 제발 저리다고 준혁이는 마음이 편치 않았다. 잘못을 저지르고 전전긍긍하는 모습. 준혁이는 그런 자신이 너무 화났다.

이튿날 훈련을 마치고 미장원에 갔다.

"짧게 잘라 주세요."

단발에 가까운 머리를 스포츠형으로 짧게 깎아 버렸다. 잘려 나간 머리카락과 함께 흐트러졌던 마음도 잘려 나간 것 같았다.

수호천사가 전해 준 소식

'빠라나엔시' 1차 예선을 통과하고 2차 예선 첫 시합을 앞두고 있었을 때였다. 훈련을 마치고 락커룸에서 옷을 갈아입고 있는데 코치가 준혁이에게 다가왔다.

"쥬니, 이제 컨디션이 다 회복된 것 같은데 어때?"

"좋아요. 이제 몸이 최고로 올라온 것 같아요."

대답하는 목소리엔 자신감이 넘쳤다.

"그래! 말을 안 해서 그렇지 감독이 널 계속 지켜보고 계셔. 엔트리에 못 들어도 항상 웃으면서 열심히 한다고 칭찬하시더라. 곧 너한테 기회를 주고 싶다고 하더군. 이건 우리 둘만의 비밀이니 절대 말하면 안 돼."

코치의 칭찬을 들은 준혁이는 세상을 다 얻은 것 같았다.

준혁이는 셔츠를 뒤집어 입은 것도 모른 채 껑충거렸다.

감독이 자기 선수에게 관심을 가지고 지켜보는 건 당연한 일이었다. 그러나 선수들은 항상 불안과 싸워야 했다. 아무리 열심히 해도 감독이 알아주지 않는 것 같고, 실력이 늘었는데도 모르고 있는 것처럼 느껴질 때가 대부분이었다.

"헤이, 쥬니. 너 정신 나갔냐? 옷까지 뒤집어 입고."

다닐로가 장난스러운 웃음을 지으며 놀렸다.

"그래. 난 지금 너무 좋아. 수호천사가 내게 엄청 기쁜 소식을 전해 줬어!"

준혁이는 다닐로를 끌어안으며 소리 질렀다.

그날 저녁 포르투갈 어를 공부하며 사전을 뒤적이던 준혁이 눈에 어떤 단어가 띄었다.

tentar(해 보겠다) impossivel (불가능)

TENTAR O IMPOSSIVEL.(뗀탈 오 임포시블)

'불가능한 것을 해 보려 한다.'라는 뜻이었다. 준혁이는 자기가 찾아낸 단어로 만든 문장이 아주 마음에 들었다. 일기장에다 붉은 펜으로 큼지막하게 그 문장을 적어 넣었다.

TENTAR O IMPOSSIVEL!

자기 꿈이 아무리 힘든 일이라도 해낼 수 있을 것 같은 기분이 들었다. 준혁이는 일기장을 가슴에 꼭 안았다.

이튿날부터 준혁이는 무엇에 홀린 것처럼 훈련에만 전념했다. 공을 잡으면 바람처럼 달렸다. 연습 게임 때마다 상대 팀을 휘저어 공격할 공간을 만들었으며, 정확한 패스와 적절한 어시스트를 올려 주었다. 그리고 결정적인 순간에 날린 슛은 그물을 갈랐다. 쥬베르토 감독의 날카로운 눈길이 자주 준혁이에게 머물렀다.

2차 예선 첫 시합에 준혁이는 드디어 엔트리에 들어갈 수 있었다. 첫 시합에서 이라치가 2대0으로 앞서고 있는 상황이었다. 후반전 시합 종료 이십 분 정도 앞두고 쥬베르토 감독이 벤치에 앉아 있는 준혁이를 불렀다.

"쥬니, 너에게 주는 첫 기회다. 부담 갖지 말고 연습 게임처럼 시합을 즐겨 봐라."

쥬베르토 감독은 그 말만 하며 준혁이의 등을 두드려 주었다.

"예!"

준혁이는 쥬베르토 감독의 눈을 바라보며 힘차게 대답했다.

준혁이는 오른쪽 윙 백을 맡고 있던 선수와 교체되어 그라운드에 나갔다. 처음으로 정식 시합에 출전한 준혁이가 긴장해서 실수라도 할까 봐 배려해 준 말이었지만 쥬베르토 감독의 그 말은 큰 힘이 되었다. 준혁이는 심호흡을 하며 그라운드로 달려 나갔다.

'드디어 기다리던 순간이다! 연습 게임 때처럼, 여유를 가지고⋯⋯!'

몸도 마음도 날듯이 가벼웠다. 준혁이는 공격적인 플레이로 지쳐 있는 팀에 활력을 불어넣었다. 상대 팀 수비수를 제치고 공간을 만들었으며 골 찬스도 두 번이나 만들어 주었다. 첫 게임에 너무 잘하려고 욕심을 부리다 보면 실수하는 경우가 더러 있었다. 준혁이는 상대 팀에게 프리킥을 주지 않도록 조심하며 쉬지 않고 뛰었다. 주어진 첫 기회를 놓치지 않았다.

"삐이익!"

주심의 휘슬이 그라운드에 울려 퍼졌다. 금방 들어온 것 같은데 순식간에 시간이 다 지난 것이었다.

2차 예선 첫 게임에서 이라치는 2대0으로 승리했다. 선수들은 서로 부둥켜안고 기쁨을 나누었다.

"쥬니, 잘했어! 네가 들어와 훨씬 쉽게 시합이 풀렸어."

슈하스코가 준혁이를 얼싸안으며 말했다.

"네가 센터링 올린 볼을 골로 이었어야 했는데 조금 아쉽다. 그렇지만 우린 승리했어."

스트라이커인 다닐로도 달려와 함께 엉켰다. 준혁이는 친구들과 승리의 기쁨을 만끽했다. 쥬베르토 감독도 환한 얼굴로 웃고 있었다.

그 시합을 계기로 준혁이는 빠지지 않고 베스트 일레븐에 들었다.

후기 리그인 '빠라나엔시'에서 이라치는 준우승을 했다. 우승을 하지 못해 아쉬웠지만 준혁이는 내년을 기약하며 아쉬움을 달래야 했다.

처음엔 교체 멤버로 들어갔던 준혁이는 후반 시즌이 끝날 무렵엔 풀타임까지 뛰게 되었다. 힘겨운 주전 싸움에서 당당하게 자기 자리를 마련한 것이다. 시합에서 승리한 뒤 가슴 가득 차오르는 뿌듯함은 무엇과도 바꿀 수 없는 소중한 경험이었다.

유학 온 지 어느덧 삼 년째 접어들고 있었다.

브라질에 올 때까지만 해도 준혁이는 세계적인 선수가 되려는 꿈을 간직하고 있었다. 그러나 그 꿈이 다른 아이들이 말하는 대통령이 되고 싶다는 꿈과 조금도 다르지 않다는 걸 깨닫는 데는 그리 오랜 시간이 걸리지 않았다. 한국이라는 울타리를 떠나오고 보니 체력과 기량이 자기보다 월등한 선수들이 너무나 많았다. 냉정하게 현실을 바라보는 시선은 힘든 과정을 거치면서 준혁이 자신도 모르는 사이 길러진 것이었다.

'다른 어떤 것보다 나는 축구가 좋다. 세계적인 선수가 아니라도 자기가 좋아하는 걸 하며 살 수 있다면 행복한 사람이 아닐까? 불가능한 꿈일지라도 나는 축구를 포기하지 않을 거다.'

제4부
꿈의 그라운드

코파 트리뷰나

"집을…… 이사할라꼬 그란다."

준혁이는 엄마의 말에 가슴이 철렁 내려앉는 것 같았다.

두 달 가까운 여름휴가 기간에 한국에 다녀오고 싶은 마음이 간절했다. 그러나 만만찮은 비행기 요금이 문제였다.

'엄마 혼자 고생하는데……'

말 꺼내기가 쉽지 않았다. 그래도 혹시나 하는 마음으로 전화기를 들었다. 일상적인 안부를 묻고 망설이는데 엄마가 먼저 지나가는 말처럼 아무렇지도 않게 말한 것이었다.

"왜요? 어디로 이사하는데요?"

"니도 없는데, 혼자 지내는 집이 너무 안 크나. 우리 아파트는 세놓고 전셋집으로 옮길라고……."

짐작은 하고 있었지만 그렇게까지 어려운 줄 몰랐다. 한국에 나가고 싶다는 말을 차마 꺼낼 수 없었다.

"엄마, 제가 프로 선수 되면 우리가 살던 집 꼭 다시 찾아 드릴게요."

"그래. 말만 들어도 고맙다. 하지만 지금은 그런 생각 말고 운동이나 열심히 해라. 잘하고 있제?"

전화 요금 때문에 서둘러 끊으면서도 엄마는 준혁이를 걱정했다.

'뻥튀기 기계처럼 사람도 들어갔다 나오면 오 년 정도 튀겨지는 기계가 있으면 좋겠다. 그러면 당장이라도 프로 팀에 들어가 엄마를 도와 드릴 수 있을 건데……'

통화하고 나서도 내내 마음이 무거웠다.

휴가 때마다 엘시오와 함께 운동을 했는데 이번에는 마냥 쉬기만 했다. 사실 다음 시즌에 제대로 뛰려면 휴가 때 푹 쉬어야 했다. 잘 쉬는 것도 운동을 잘하는 것 못지않게 중요했다. 준혁이는 정말 실컷 자고 많이 먹었다. 그리고 가끔 시내에 나가 영화도 보며 여름휴가를 보냈다.

여름휴가가 끝날 즈음 준혁이는 다시 이라치로 내려갔다. 함께 운동을 하던 친구들 가운데 다른 팀으로 옮긴 선수도 있었고, 테스트를 받으러 온 낯선 얼굴도 있었다. 슈하스코와 다닐로도 휴가를 마치고 돌아와 있었다. 준혁이는 가족을 만난 것처럼 반가웠다.

두 달 가까이 푹 쉬었더니 몸은 일주일 정도 훈련을 거치고 나자 최고의 컨디션을 유지했다. 전기 리그인 코파 트리뷰나 대회가 시작되고 준혁이는 예상했던 대로 수월하게 엔트리에 들었다. 작년 대회에서 우승했기 때문에 클럽에서 쥬베뉴 팀에 거는 기대가 컸다. 이라치 팀은 이번에도 가장 강력한 우승 후보로 꼽혔다.

‘드디어 출전하는 거다!’

준혁이는 가슴이 설렜다.

‘쿠리치바. 꼭 우리 팀하고 마주쳐라.’

대식이에게 한 제의도 있었지만 준혁이는 일 년간 연습생으로 있었던 쿠리치바와 겨뤄 보고 싶었다. 자기를 거들떠보지도 않았던 쿠리치바 감독에게 선수가 된 모습을 보여 주고 싶었다.

쥬베르토 감독은 주로 4-4-2 전술을 사용했다. 첫 게임에서 준혁이는 오른쪽 윙백으로 출전했다. 상대 팀은 전년도 우승 팀과 첫 게임부터 만난 걸 무척 부담스러워하는 것 같았다. 그들은 처음부터 전의를 상실하고 있었다.

전반전부터 이라치의 일방적인 공격이 시작되었다. 준혁이는 과감한 드리블과 센터링으로 공격 기회를 만들었다. 다닐로의 위협적인 슛은 처음부터 상대 팀 문전을 위협했다. 상대 팀이 쉬운 팀이긴 했지만 이라치는 첫 게임에서 5대0으로 가볍게 이겼다.

이라치는 예선전을 가볍게 통과했다. 선수들 사기는 하늘을 찌를 듯했다. 구단의 아낌없는 지원으로 팀 분위기도 더할 수 없이 좋았다.

"방심하지 말고 자기가 맡은 역할에만 충실해라."

쥬베르토 감독은 승리감에 취한 선수들이 자칫 실수라도 할까 봐 팀 미팅 때마다 주의를 주었다. 준혁이는 최상의 컨디션으로 시합 때마다 풀타임을 뛰었다. 시합에서 뛰고 싶은 열망이 지나쳐 스스로를 옥죄던 강박관념에서도 어느새 벗어나 있었다.

"정말 잘했어요. 당신들이 자랑스러워요."

"당신들은 최고의 선수들입니다. 열심히 하세요."

길에서 만난 이라치 주민들은 엄지손가락을 세우며 선수들을 격려해 주었다. 잇따른 승리로 선수들은 이라치의 영웅이 되어 있었다.

준혁이는 선수가 된 기쁨을 맘껏 누렸다. 그러나 기쁨은 그리 오래가지 않았다.

"쥬니, 소문 들었니? 쥬베르토가 이번 시합이 끝나면 프로 팀 감독으로 올라갈지 모른대."

8강 시합을 앞두고 있었을 때였다. 훈련을 마치고 숙소로 돌아가는 길에 슈하스코와 다닐로가 준혁이 곁에 다가오며 말했다.

"뭐? 쥬베르토가 프로 팀 감독으로 올라간다고? 그게 무슨 말이야?"

준혁이는 놀라서 되물었다.

"응. 소문이 아니라 그렇게 확정된 것 같더라."

"이 년 동안 키워 온 주니어 선수들이 프로 팀으로 다 올라갔잖아. 그 선수들의 장단점을 가장 잘 알고 있는 쥬베르토 감독이 프로 팀으로 올라가는 건 당연하겠지. 그 선수들이 성적도 잘 냈잖아."

슈하스코와 다닐로도 준혁이와 같은 처지였지만 당연하다는 듯 말했다.

"그건 그렇지만 우리도 지금 잘하고 있잖아. 다른 감독이 오면 그 감독의 스타일에 따라 전술이 또 바뀔 건데! 겨우 쥬베르토와 익숙해졌는데. 그리고 새 감독이 데려온 선수들과 주전 자리를 또 다퉈야 되잖아. 우리가 아무리 잘해도 감독은 자기가 데려온 선수들을 쓸 게 뻔한데."

준혁이는 온몸의 맥이 다 풀려 버리는 것 같았다. 감독이 어떤 사람인가에 따라 팀의 전술이나 색깔이 바뀌기 마련이었다. 쥬베르토 감독이 프로 팀으로 올라가는 것보다 주니어와 쥬베뉴 팀을 계속 맡았으면 하는 바람이 간절했다.

"하지만 그건 아직 나중 일이야. 이번 대회가 끝날 때까지는 우리와 함께할 거니까 걱정은 그때 가서 하자."

역시 낙천적인 다닐로였다.

'그래. 그건 나중 일이다. 지금 내게 주어진 일에만 최선을 다하자. 그리고 나머지는 그때 가서 생각하자.'

준혁이는 어쩌면 자기가 브라질을 떠날 날이 다가오고 있는지도 모르겠다는 막연한 느낌이 들었다.

'새로운 감독이 오고, 새 감독과 처음부터 다시 시작해야 한다면……'

브라질에 있을 시간이 무한정으로 주어지지 않은 준혁이에게 그건 너무 가혹한 일이었다.

'이번 대회가 어쩌면 내게 주어진 마지막 기회일지도 모르겠다. 이번 대회에 최선을 다해야지!'

수없이 시합을 치러 왔지만 한 시합, 한 시합마다 중요하지 않은 시합은 없었다. 크든 작든 시합이란 선수에게 하나의 통과 의례 같은 것이었다. 경기가 잘 풀려 이길 때도 있었지만 그렇지 않을 때도 있었다. 시합 때마다 최고의 집중력으로 팀 승리에 공헌하는 것. 그것은 선수들의 기본 의무였다. 경기장에 모인 관중들도 기본적으로 자기 팀이 승리하는 걸 보러 오지만, 지는 경우에도 시합 내용이 좋으면 격려를 아끼지 않았다.

이라치는 8강에서도 1, 2차전에 승리를 하고 4강에 올라갔다. 그리고 승부차기까지 간 힘든 준결승전을 치른 다음 드디어 결승전까지 올라가게 되었다. 준혁이가 바라던 대로 결승전에서 이라치는 쿠리치바와 붙게 되었다.

"쿠리치바! 얼마나 기다렸던 기회냐!"

준혁이 가슴은 걷잡을 수 없이 뛰고 있었다.

이라치의 한국 선수

코파 트리뷰나 1차 결승전은 홈 경기였다. 이라치 홈구장에는 관중들로 발 디딜 틈이 없을 정도였다. 각종 신문사에서 취재를 나와 있었고 텔레비전에서는 중계 방송까지 하고 있었다. 올해 2연승을 노리고 있는 이라치 팀은 신문과 방송의 집중 관심을 받고 있었다.

"1차전 홈경기에서 이겨 놔야 2차전 어웨이 때 한결 수월하게 게임을 풀어 갈 수 있다. 모두 최선을 다해 주기 바란다."

쥬베르토 감독은 그 말만 하고 선수들을 그라운드에 나가게 했다.

"와!"

"이라치! 이라치!"

이라치 팀 유니폼을 입은 응원단이 북을 치며 함성을 질러 댔다. 관중석에는 이라치 팀 색깔인 푸른색이 물결쳤다. 관중들의 함성을 받으며 준혁이는 쿠리치바 선수들과 인사했다. 대부분 새로운 얼굴이었지만 연습생이었을 때 같이 운동했던 선수들도 보였다. 굳은 얼굴을 한 대식이도 보였다. 준혁이는 심호흡을 하며 대식이에게 다가갔다.

"드디어 경기장에서 만나는구나. 행운을 빈다."

준혁이는 대식이에게 손을 내밀며 말했다.

"그래. 너도 잘해."

대식이는 가볍게 준혁이의 손을 잡았다. 준혁이를 바라보는 대식이의 눈이 매섭게 빛났다. 대식이와 짧은 눈길을 교환한 뒤 준혁이는 다른 선수들을 살폈다.

'로이라! 아직 있었구나!'

쿠리치바 선수들 가장 끝에 로이라의 모습이 보였다. 준혁이는 선수들과 악수를 하며 로이라에게 다가갔다.

"로이라!"

"어? 쥬니?……쥬니!"

로이라의 눈이 커다래졌다. 긴 이야기는 할 수 없었다.

"반갑다. 좋은 결과 있길 바란다."

준혁이는 로이라와 악수를 나눈 뒤 가볍게 포옹했다.

"쥬니, 언젠간 이렇게 만나게 될 거라 생각했어. 열심히 해.

행운을 빈다.”

로이라는 준혁이 등을 가볍게 두드려 주었다.

브라질에서 처음으로 자기에게 말을 걸어 주었던 친구. 겉돌기만 하던 준혁이가 적응할 수 있도록 도와주었던 친구. 비록 우승 트로피를 두고 싸우는 상대였지만 로이라와 어깨를 나란히 하고 뛸 수 있어서 기뻤다.

“파이팅!”

선수들은 격려의 고함 소리와 함께 자기 포지션으로 달려나갔다.

‘엄마, 나에게 용기를 주세요.’

준혁이는 마음속으로 어머니를 불렀다.

“우—!”

“휘이익—!”

관중들의 함성과 휘파람 소리. 그리고 소나기 같은 박수가 쏟아졌다. 머리끝에서 시작된 짜릿한 기운이 등줄기를 타고 발끝까지 뻗쳐 내려갔다. 온몸의 솜털 하나하나까지 곤두서며 팽팽한 긴장감을 불러일으켰다. 준혁이는 팔다리에 기운이 넘치는 것 같았다.

‘강준혁. 잘할 수 있어! 넌 최고의 선수다. 너를 이길 사람은 아무도 없어!’

스스로 최면을 걸었다.

휘슬과 함께 시합이 시작되었다. 이라치는 볼을 뒤로 돌려 쿠리치바의 공간을 탐색했다. 위쪽에 센터포드 선수와 미드필더들이 바쁘게 움직였다. 준혁이는 오른쪽으로 최대한 벌려 공격 공간을 만들어 나갔다. 준혁이가 볼을 잡으면 다닐로는 앞으로 나와 볼을 받고, 로드리고와 슈하스코는 뒤 공간을 활용했다. 전반전은 홈 팀인 이라치가 리드해 갔다. 이라치는 몇 차례 코너킥과 프리킥 기회를 잡았지만 점수를 올리지 못했다. 쿠리치바도 어웨이 경기인 만큼 긴장해서 그런지 별 공격 없이 전반전을 마쳤다. 선수들은 락커룸에 와서 별다른 전술 변동 없이 쥬베르토 감독 이야기를 들었다.

"쥬니, 넌 더 활발하게 사이드 공격을 해 나가야 해. 상대 맨투가 공격을 못하고 계속 수비만 하도록 만들어야지!"

준혁이는 쥬베르토를 바라보며 고개를 끄덕였다. 팀은 선수 교체 없이 후반전에 나갔다. 쿠리치바도 선수 교체 없이 후반전에 나왔다.

후반전이 시작되자 쿠리치바는 전반과 달리 공격적으로 나왔다. 당황한 이라치는 밀리기 시작했다. 위험한 상황이 몇 번 벌어졌지만 골키퍼의 신들린 듯한 선방에 다행히 점수는 내주지 않았다.

“밀리지 마! 밀리면 안 돼!”

중앙에서 공격을 허용한 미드필더와 수비수들에게 쥬베르토 감독은 소리를 질렀다.

‘이대로 계속 밀리면 진짜 안 된다.’

준혁이는 수비형 미드필더인 슈하스코를 보고 말했다.

“내가 사이드 공격을 나갈 테니 역습당하지 않게 뒤에서 커버 수비를 해 줘!”

“오케이!”

준혁이는 마음 놓고 공격에만 전념했다. 후반 삼십 분쯤 지났을 때였다. 다닐로와 2대1 패스를 받은 준혁이는 들어오는 로드리고에게 가볍게 찔러 줬다. 로드리고는 준혁이가 찔러 준 공을 몰고 앞으로 달려 나갔다. 쿠리치바 선수들이 에워쌀 동안 그는 페널티에어리어까지 공을 몰고 나갔다. 그리고 쿠리치바 선수를 제치는 과정에서 파울을 얻어 냈다. 페널티킥이었다!

“와—!”

관중석의 환호와 박수 소리가 경기장을 가득 메웠다. 쿠리치바 선수들은 전부 심판에게 달려가 항의했다. 쿠리치바 감독도 소리를 지르면서 항의했다.

“잘했어! 정말 잘했어!!”

이라치 선수들은 페널티킥을 얻은 로드리고에게 달려가 포옹했다.

"골로 연결해야 돼!"

준혁이는 흥분한 선수들에게 침착하게 말했다. 페널티킥은 팀 스트라이커인 다닐로가 맡았다. 다닐로는 가슴에 성호를 그린 다음 신중하게 슛을 날렸다. 하지만 골키퍼의 선방에 막힌 공은 골대 안으로 들어가지 못했다. 다닐로는 튀어나오는 공을 잡았다. 쿠리치바 수비수인 대식이와 다른 선수 두 명이 다닐로를 에워쌌다. 다닐로는 번개같이 뒤쪽에 있는 로드리고에게 패스한 다음 왼쪽 빈 공간으로 달려 나갔다. 로드리고는 다시 다닐로에게 공을 올려 주었다. 대식이가 다닐로 곁에 붙어 있었지만 다닐로가 반 박자 빨랐다. 다닐로는 날아오는 공에 살짝 발을 갖다 대 방향을 돌렸다. 공은 골키퍼 오른손을 살짝 비켜가 그물에 꽂혔다. 대식이가 그 자리에 주저앉았다.

"골!"

관중석은 기쁨의 함성으로 넘실거렸다. 1대0, 이라치가 앞서게 되었다. 실점한 쿠리치바는 더 빠른 공격으로 이라치를 압박해 왔다. 하지만 홈구장에서 시민들의 응원을 앞세운 이라치 팀은 무서울 게 없었다. 선취점을 얻은 이라치는 한결 여유 있게 게임을 치렀다.

"삑—삑— 삐익—!"

심판의 시합 종료 휘슬이 울려 퍼졌다. 이라치는 쿠리치바를 1대0으로 이겼다. 다음 경기는 일주일 뒤 쿠리치바에서 펼쳐지는 원정 경기였다.

시합을 마치고 락커룸에서 옷을 갈아입고 있는데 스포츠 신문 기자들이 준혁이를 찾아왔다.

"우리는 트리뷰나 신문사에서 나온 기자들입니다. 외국에서 온 선수가 있다고 해서 인터뷰를 하려고 합니다. 시간을 내어 줄 수 있나요."

"예? 나를 인터뷰하러 왔다고요?"

준혁이는 믿기지가 않았다. 그러나 카메라와 마이크를 들이대는 걸 보니 기자가 분명했다. 기자들은 준혁이에게 여러 가지 질문을 했다. 당황스러웠지만 준혁이는 자기가 생각하고 있던 것들을 하나하나 대답해 주었다.

"헤이, 쥬니! 이것 봐. 신문에 네 얼굴이 나왔어."

다음 날 슈하스코가 신문을 흔들며 달려왔다. 어제 인터뷰한 기사가 실린 신문이었다. 신문엔 제법 크게 준혁이 사진과 이야기가 실려 있었다.

「외국인이 본 브라질. 이라치의 한국 선수」

〈새로운 선수를 만나 봤다. 축구 선수 강준혁(쥬니. 16세). 이라치 스포츠클럽 쥬베뉴 선수인 강준혁은 삼 년 전 브라질에 왔다고 한다. 먼저 그의 꿈은 무엇인지 물어보았다.〉

— 어렸을 때 월드컵 경기에서 세계적인 축구 선수들의 플레이를 보면서 축구 선수가 되고 싶다는 생각을 했다. 나도 축구 선수가 되어 우리나라를 빛내고 싶었다. 그러나 시간이 지나면서 내 꿈이 어쩌면 불가능한 꿈일지도 모른다는 생각이 들었다. 책을 읽어 보면 세상에는 불가능한 꿈에 도전한 사람들이 많다. 그들의 이야기는 내게 용기를 준다. 세계적인 선수는 결과일 뿐이지 더 중요한 것은 그곳까지 도달하기 위해 노력하는 과정인 것 같다. 축구를 하면서 나는 그것을 배웠다. 내가 꿈을 이룰 수 있을지는 아무도 모른다. 그러나 나는 축구를 계속할 것이다. 공을 찰 때 나는 가장 행복하니까.

〈오늘 시합에 대해서 어떻게 생각하는가?〉

— 아주 힘든 경기였다. 결승전까지 올라오느라 선수들이 모두 지쳤기 때문이다. 그러나 우리 팀은 강한 팀워크와 정신력으로 뭉쳐 있다. 1차전을 승리로 장식할 수 있어 무척 기쁘다. 우리 선수들과 감독, 응원해 준 이라치 시민들에게 감사 드린다. 우리 모두의 승리다. 그리고 멀리 계신

어머님과 하느님께도 감사 드린다.

〈2차전은 어떻게 준비할 것인가?〉

— 2차전에 대한 준비는 쥬베르토가 감독님이 알아서 대처할 것이다. 우리는 감독님이 지시하는 대로 따를 것이다. 그리고 우리는 당연히 우승할 것이다.

〈브라질 축구와 한국 축구의 다른 점은?〉

— 아주 많다. 브라질 축구는 개인기 위주인데 한국 축구는 많이 뛰어야 한다. 그러려면 우선 체력이 좋아야 한다. 또 여기서는 어려서부터 잔디 구장에서 축구를 할 수 있어 좋다. 어릴 때 살롱 축구부터 시작해서 클럽 축구까지 체계적으로 배울 수 있는 것도 다른 점이다.

〈이건 축구와 상관없는 질문인데, 당신이 생각하는 브라질 사람들은?〉

— 노래와 춤을 좋아하는 것은 우리나라와 비슷한 것 같다. 그런데 브라질 사람들은 파티와 여자들을 우리보다 훨씬 더 좋아한다. 그 점이 한국과 무척 다르다. 브라질 사람들은 항상 긍정적으로 생각하는데 그런 점이 여유 있어 보여 참 좋다. 내가 만났던 사람들 대부분은 친절하고 마음씨가 착했다.”

〈새로운 문화 속에서 적응하기가 쉽지 않았을 텐데?〉

― 지도를 보면 브라질은 한국의 반대편에 있는 나라다. 기후 조건과 음식, 생활 습관 등 모든 것이 다른 게 당연한 일인지도 모른다. 새로운 문화와 환경을 두려워했다면 나는 이곳에 오지도 않았을 것이다. 고기를 즐겨 먹는 편이라 슈하스카리아에 자주 간다. 브라질 고기는 정말 맛있다. 값도 싸고.

"이야 쥬니, 너 정말 멋지다. 벌써 스타가 된 것 같은데?"

친구들은 준혁이에게 몰려와 축하해 주었다. 준혁이는 그 신문을 소중히 보관해 두었다. 그리고 엄마에게도 한 부 보내 드렸다. 포르투갈어를 읽지는 못해도 자기 모습이 실린 신문을 엄마가 볼 걸 생각하니 가슴이 벅차올랐다.

'보시면 얼마나 기뻐하실까?'

처음으로 엄마한테 큰 선물을 한 것 같았다.

내일을 향해 프리킥

결승 2차전이 열리는 쿠리치바 메인 구장에는 삼만이 넘는 관중들로 가득 찼다. 삼만이 넘는 관중들이 내지르는 함성! 수많은 사람들이 모여 지르는 함성에는 진동하는 생명의 에너지가 넘쳤다. 평소에는 시멘트 구조물에 지나지 않던 경기장은 시합이 열리면 살아 숨쉬는 거대한 생명체로 변했다. 시합을 앞두고 감도는 팽팽한 긴장감, 관중들과 응원단들이 내지르는 함성. 경기장은 마치 거대한 공룡이 꿈틀대는 것 같았다.

쿠리치바 팀 색깔인 초록 물결 속에 푸른 색깔이 한 귀퉁이를 차지하고 있었다. 쿠리치바까지 원정 응원 온 이라치 응원단이었다. 이라치 응원단 함성은 홈 팀 응원단 함성에 일방적으로 밀리고 있었다.

"지금까지 우리는 최선을 다해 잘해 왔어. 오늘이 마지막이다. 승부를 떠나, 게임 자체를 즐겨라. 관중들 함성에 주눅 들지 마라. 너희들은 이미 최고 선수다. 자신이 최고라는 걸 잊지 마라."

쥬베르토 감독은 선수들에게 우승에 대한 부담감보다는 게임 자체를 즐기라고 주문했다.

락커룸에서 준혁이는 선수들과 함께 어깨를 걸고 둥근 원을 만들었다. 선수들은 그라운드에 나가기 전, 늘 락커룸에서 먼저 기도를 올리고 나갔다.

"하늘에 계신 우리 아버지……."

준혁이는 호흡을 가다듬으며 뛰는 가슴을 다스렸다. 기독교 신자는 아니었지만 보통 사람들이 절박할 때 하느님을 찾는 것처럼 시합을 앞두고 드리는 기도는 위안과 자신감을 얻는 순간이기도 했다. 기도를 마친 선수들은 그라운드 한가운데로 나갔다.

"우―!"

쏟아지는 관중들의 함성. 그라운드가 지진이 일 때처럼 흔들리는 것 같았다. 머리끝에서 시작된 짜릿한 전류가 발끝까지 뻗어 나가며 한순간 몸을 휘감았다. 준혁이는 가볍게 진저리를 쳤다. 여기까지 오기 위해 흘렸던 땀과 눈물, 가슴 졸였던 나날들.

'지금 이 자리! 얼마나 서고 싶었던 자리였던가!'

구경하는 입장이 아니라 당당한 선수로 준혁이는 쿠리치바 메인 구장에 서 있었다. 쿠리치바 클럽에서 연습생으로 있었을 때, '빠라나엔시' 결승전을 보기 위해 왔던 기억들이 빠른 화면처럼 눈앞을 스치고 지나갔다. 준혁이는 호흡을 가다듬었다. 주심은 휘슬을 입에 물고 시계를 보고 있었다. 짧은 그 순간! 경기장은 정적에 빠져 들었다. 잠시 시간이 멈춘 것 같았다.

"삐이익!"

날카로운 휘슬과 함께 선수들이 그라운드로 흩어졌다. 멈췄던 시간이 흐르기 시작한 것이다. 준혁이는 공을 바라보며 힘차게 달려 나갔다.

축구는 자기가 맡은 포지션이 있지만 그 위치는 그라운드 전체에 퍼져 있다. 수비수가 최전방으로 올라오는 경우도 있고, 공격수가 자기 진영에서 수비에 전력하는 경우도 있다. 오른쪽 사이드 선수가 계속 오른쪽의 같은 위치에만 있어서도 안 되었다. 공의 위치와 상대 팀 움직임에 따라 선수들은 물 흐르듯 포지션을 바꿔 나가야 했다.

1차전에서 먼저 한 골을 얻은 이라치는 2차전에서 비기기만 해도 우승할 수 있었다. 반대로 쿠리치바는 두 골 이상 넣어야 되는 상황이었다.

준혁이는 드리블에 돌파당하지 않도록 조심하며 쿠리치바의 진행 방향을 저지했다. 1차전에 패배한 쿠리치바는 처음부터 강한 압박으로 이라치를 몰아붙였다. 쿠리치바는 이번에 지면 끝이었다. 선택의 여지가 없는 그들은 무조건 공격으로 밀어붙였다. 그러나 전술이 총 공격일 때, 의외의 허점을 드러내기 마련이었다. 준혁이는 쿠리치바의 허점을 노렸다.

전반 십 분쯤 되었을 때 역습의 기회가 생겼다. 중앙에서 볼을 잡은 준혁이는 달려오는 로이라를 제친 뒤 오른쪽에서 킥을 올렸다. 그걸 페널티 지역에 있던 슈하르토가 헤딩으로 받아 골문을 향해 날렸다. 그러나 슈하르토의 헤딩슛은 아쉽게도 골키퍼의 선방으로 튀어나오고 말았다.

"와아!"

관중들은 함성을 지르며 자리에서 일어났다. 관중석은 서서히 달아오르기 시작했다.

"괜찮아. 다시 시작해. 침착하게!"

이라치 선수들은 서로 격려하며 자기 포지션으로 달려갔다. 역습을 당한 쿠리치바는 다시 사나운 기세로 달려들었다. 빠른 패스와 강한 압박. 이라치는 방어하느라 진땀을 흘려야 했다. 전반전은 이라치가 일방적으로 밀리는 게임이었다. 양 팀 득점 없이 전반전이 끝났다.

"1차전에 먼저 얻은 점수는 잊어버려. 그것에 얽매이면 안 돼! 그리고 쥬니."

쥬베르토 감독은 준혁이 눈을 바라보며 말을 이었다.

"너 특기 있잖아! 그걸 살려!"

그때 쥬베르토 감독이 소극적인 수비만 했다고 꾸짖었다면 후반전에 준혁이는 무척 힘들었을 것이었다. 감독에게 야단을 맞은 선수는 같은 실수를 반복하지 않으려고 움츠려 들기 마련이었다. 그러다 보면 플레이는 소극적이 될 수밖에 없었다. 선수들의 심리를 얄밉도록 잘 파악한 한마디였다.

준혁이는 전반전 게임 내용을 떠올리며 후반전에 자기가 할 플레이를 그려 보았다.

'1차전에 얻은 점수를 지키느라 적극적인 공격을 하지 못했어. 후반에도 상대 팀이 총 공격으로 나올 테니 역습을 노려야 해. 역습이다!'

선수들은 다시 그라운드로 나갔다. 예상대로 쿠리치바는 수비형 미드필더를 빼고 센터포드 한 명을 더 늘렸다. 공격에 올인한 전술이었다.

'역습 기회를 노려야 해!'

준혁이는 슈하스코에게 다가가 낮게 말했다.

"슈하스코! 알지? 역습 때 공간을 만들어 놓는 거. 훈련 때마다 우리 둘이서 연습했던 거 말이야."

"오케이!"

슈하스코는 엄지손가락을 추켜세우며 고개를 끄덕였다.

쿠리치바는 후반전 시작과 함께 빠르게 전진해 왔다. 얼마나 거세게 밀어붙이는지 공격은 엄두도 못낼 지경이었다. 특히 대식이는 수비수였지만 공격에도 가담하며 이라치를 압박해 왔다. 준혁이는 자기가 전담하는 선수를 놓치지 않으려고 진땀을 흘려야 했다. 슈하스코와 의논한 역습 기회는 엄두도 못낼 지경이었다.

후반 십 분쯤 지났을 때 이라치는 큰 위기를 맞았다. 쿠리치바의 로이라가 페널티킥에어리어에서 때린 슛이 이라치 수비수 손에 맞고 말았다. 꼼짝없이 페널티킥을 주게 되었다. 이라치의 수비수는 사색이 되었다. 자기의 실수로 점수를 내어 주게 된 것이었다.

"와아!"

쿠리치바 관중들은 미친 듯 날뛰었다. 그들이 내지르는 환호성과 박수에 이라치 선수들은 더 기가 죽었다.

"우우!"

이라치 응원석에는 야유가 쏟아졌다. 그러나 그 야유는 쿠리치바 관중들 함성에 묻혀 들리지도 않았다. 페널티킥을 차는 쿠리치바 선수는 로이라였다. 로이라는 강슛을 날릴 것 같은 동작으로 골키퍼를 속인 다음 골대 왼쪽 구석을 향해 가볍게 슛을 날렸다. 로이라가 찬 페널티킥은 가볍게 골대에 꽂혔다.

"골인!"

관중석은 흥분의 도가니로 변했다. 1차전 홈경기에서 1 대 0으로 승리한 이라치는 2차전에서 쿠리치바에게 선취점을 허용하고 말았다. 이라치의 사기는 그라운드 바닥에 떨어지고 말았다. 상황은 계속 밀렸다. 첫 골을 허용한 지 오 분도 채 안 된 순간이었다. 이라치의 최종 수비수가 실수로 잘못 걷어 낸 볼을 교체되어 들어온 쿠리치바 센터포드가 낚아챘다. 그는 이라치의 골키퍼를 제치고 가볍게 추가 골을 넣었다. 전광판에는 2 대 0이라는 스코어가 반짝이고 있었다.

"우와아!"

운동장을 뒤흔드는 관중들의 함성. 관중석은 쿠리치바 팀 색깔인 초록색 물결로 출렁거렸다. 이라치는 연달아 두 골이나 내주고 말았다. 1차전에서 먼저 얻은 한 골을 포함해도 2 대 1로 지고 있는 상황이 벌어지고 만 것이었다.

이라치의 코치, 스텝들이 있는 벤치는 침묵에 빠져 들었다.

"모두 힘내! 아직 우리에겐 시간이 있어!"

쥬베르토 감독이 큰 소리로 외쳤다. 이라치 선수들에게 한 말이었지만 준혁이는 그 말이 자기에게 하는 것처럼 들렸다.

'그래! 이렇게 주저앉을 순 없다! 이건 아니다!'

준혁이는 거친 숨을 몰아쉬며 머리를 흔들었다. 숨이 차 가슴은 찢어질 듯 따가웠지만 머리는 찬물로 헹군 것처럼 차츰 명료해졌다.

이라치가 역전을 당한 다음 전세는 다시 돌변했다. 더 이상 지킬 것이 없어진 이라치는 소극적인 수비에서 벗어나 총공격에 나섰다. 그 대신 방금 전까지 적극적이었던 쿠리치바의 공격은 자취를 감추고 없었다. 쿠리치바는 점수를 지키기 위해 총 수비로 전술을 바꾸고 있었다.

이라치는 쿠리치바를 미친 듯이 몰아붙였다. 준혁이는 계속 공격에 가담하면서 기회가 될 때는 대담하게 중거리 슛도 날렸다. 후반 이십오 분이 조금 넘었을 때였다. 하프라인에서 파울이 났다.

공을 잡은 준혁이는 아까 실수했던 최종 수비수에게 패스했다. 그의 위치가 좋기도 했지만 실수한 그에게 기회를 주고 싶었다. 공을 받은 최종 수비수는 마땅한 공간에 패스하려고 했다. 하지만 적당한 공간이 없었다. 이라치 선수들에겐 모두 맨투맨이 붙은 상황이었다. 그는 패스하는 대신 공을 몰고 신들린 듯 달려 나갔다. 계속 앞으로 나가던 그는 골대와 거리가 어느 정도 좁혀졌다 싶자 과감하게 중거리 슛을 날렸다.

"뻥!"

공은 그림처럼 골대 안으로 빨려 들어갔다.

"골!!!"

믿기 어려운, 그림 같은 골이었다. 2대1. 1차 홈경기에서 얻은 골까지 합하면 2대2 동점이 되는 순간이었다. 이라치 선수들은 최종 수비수에게 달려갔다. 서로 부둥켜안고 그라운드를 뒹굴었다.

"우!"

관중석에서 야유가 쏟아졌다. 그러나 이미 그 소리는 이라치 선수들을 흔들지 못했다.

"바로 이거야. 한 골만 더 넣으면 우린 우승이야."

이라치 선수들은 소리를 질렀다. 다시 경기는 진행되었고 양 팀 모두 서로 주고받는 경기가 펼쳐졌다. 이라치가 한번 공격하면 쿠리치바가 다시 공격하고 한 치 양보도 없는 접전이었다.

준혁이는 수비와 공격을 동시에 하느라 평소보다 두 배 이상 뛰어다녀야 했다. 다닐로, 슈하스코 등 모든 선수들이 전원 공격, 전원 수비로 뛰었다. 관중들의 함성과 박수 소리가 그라운드를 더욱 뜨겁게 달구었다.

시간은 흐르고 후반전도 막바지에 이르렀다. 양 팀 선수들은 모두 지쳐 있었고 준혁이도 더 이상 뛸 수 없을 정도로 체력이 바닥났다.

'엄마, 내게 조금만 더 힘을 주십시오. 민우야, 길상아……!'

준혁이는 엄마와 친구들의 이름을 부르며 버텼다. 추가 시간 삼 분이 주어졌다. 그런데 종료 이 분 남짓 남겨 두고 역습 기회가 왔다.

슈하스코가 왼쪽에서 볼을 빼앗아 오른쪽 사이드에 있는 준혁이에게 길게 볼을 넘겼다. 맨투맨 상황이 아니라 준혁이는 혼자였다. 순간 욕심이 생겼다. 준혁이는 자기를 향해 나오는 쿠리치바의 수비수들과 대식이를 속이기 위해 패스할 것처럼 페인트 모션을 취하며 중앙으로 삼 미터 정도 달렸다. 몰려드는 쿠리치바 선수들 사이로 골대가 얼핏 보였다.

'이때다!'

준혁이는 망설이지 않고 왼발 슛을 날렸다. 발에 와 닿는 느낌이 좋았다. 공은 골키퍼 키를 넘어 오른쪽 골대를 맞힌 다음 왼쪽 깊숙이 들어가 꽂혔다.

"골!"

"으아!"

머리가 하얗게 비는 것 같았다. 준혁이는 팔을 들고 미친 듯 그라운드를 달렸다. 기적 같은 순간이었다. 이라치 선수들이 달려와 준혁이를 끌어안았다.

"쥬니!"

"쥬니, 해냈구나."

"그래! 우린 해냈어. 우리 모두가 한 거야."

이라치 선수들은 한 덩어리가 되어 그라운드를 뒹굴었다.

다시 하프라인에 공이 놓여졌다. 쿠리치바 선수가 공에 발을 대기 바쁘게 심판의 종료 휘슬이 울려 퍼졌다.

"삑— 삑— 삐이익!"

"우아!"

"이겼다!"

최종 엔트리에 들지 못한 후보 선수들, 코치와 팀 스텝들이 운동장 안으로 달려 들어왔다. 선수들은 그들과 부둥켜안고 한 덩어리가 되었다. 그리고 다 함께 이라치 응원석으로 달려갔다. 누구라 할 거 없이 모두 감격의 눈물을 흘리고 있었다. 이라치 선수들은 쿠리치바까지 원정 온 응원단에게 손을 흔들며 함께 승리를 만끽했다. 팀 샐깔인 푸른색 유니폼을 입은 응원단은 푸른색 카드와 수건 등을 흔들며 환호했다.

준혁이는 승리의 기쁨을 맘껏 누렸다. 그러나 가장 기뻐한 선수는 이라치의 최종 수비수였다.

"쥬니!"

그는 이름을 부르며 준혁이를 껴안았다. 그의 눈은 붉게 물들어 있었다.

"실수를 만회할 기회를 주어 정말 고맙다! 그때 정말 힘들었어. 그런데……."

그는 말을 다하지 못한 채 울먹였다.

"그래. 넌 정말 멋지게 해냈어. 하하하하……. 정말 최고의 슛이었어!"

수비수의 충혈된 눈을 본 순간 준혁이는 자기가 한 판단이 잘한 것이라는 걸 느낄 수 있었다.

"정말 잘했다. 너희들이 자랑스럽다!"

쥬베르토 감독은 환한 얼굴로 그 말만 했다.

쿠리치바 홈구장에서 거둔 승리. 준혁이는 무엇보다 쿠리치바 감독에게 자기 모습을 보여 줄 수 있어 기뻤다. 그러나 고개를 숙이고 경기장을 나가는 대식이의 뒷모습을 보자 통쾌함보다는 아릿하니 마음이 저려 왔다. 곧 그런 기분에 빠져 들 틈도 없었다. 바로 이어진 시상식과 기념 촬영, 그리고 우승 트로피와 목에 건 금메달. 모든 것들이 꿈만 같았다.

'강준혁! 넌 결국 해냈구나!'

벅차오르는 뜨거운 느낌. 준혁이 가슴은 터질 것 같았다.

끝남은 새로운 시작의 다른 이름

소문대로 쥬베르토 감독은 코파 트리뷰나 대회가 끝나자 프로 팀 감독으로 올라가고 말았다. 감독과 선수는 언제라도 헤어질 수 있었다. 하지만 쥬베르토가 준혁이에게 차지한 부분은 참으로 컸다. 준혁이는 망망한 바다에 홀로 남겨진 느낌이었다.

'여기서 다시 시작해야 하나? 아니면 이제 한국으로 돌아가야 하나?'

마음은 끈 떨어진 연처럼 흔들리고 있었다.

다시 새로운 감독이 왔다. 예상했던 대로 새 감독은 자기가 데려온 선수들 위주로 전술을 지휘해 나갔다. 준혁이를 포함한 팀의 다른 선수들은 새로운 감독 스타일에 맞춰야 했다. 쥬베르토 밑에서 탄탄하게 짜여졌던 팀워크는 흔들렸다. 여기저기서 선수들 불평이 터져 나왔다. 준혁이는 시간이 흐를수록

새 감독과 다시 시작하는 게 시간 낭비 같다는 생각이 많이 들었다.

'브라질에 온 지 벌써 삼 년이다. 이제 돌아갈 때가 된 것 같다.'

하루 종일 그런 생각이 머리를 떠나지 않았다.

'달마다 보내 주는 돈도 적지 않은데……'

혼자 고생하는 엄마를 생각할 때마다 준혁이는 마음이 무거웠다.

"이제 결정을 내려야 할 때인 것 같다."

준혁이는 쥬베르토 감독을 찾아갔다. 이 년 가까이 함께 땀 흘렸던 그와 이야기를 하고 싶었다. 쥬베르토 감독은 준혁이를 반갑게 맞아 주었다. 쥬베르토가 주니어 감독으로 있을 때는 어려워 먼저 말 건네기도 힘들었다. 그런데 쥬베르토가 프로 팀으로 올라가고 나니 오히려 편안하게 이야기할 수 있었다.

"쥬베르토 감독님, 난 이제 어떻게 하면 좋을까요?"

준혁이는 새 감독과 훈련하는 어려움, 자기 형편 등을 자세하게 이야기했다. 쥬베르토는 가만히 이야기를 들어 주었다. 준혁이를 바라보는 갈색 눈동자. 준혁이는 쥬베르토가 아버지처럼 편안하게 느껴졌다.

"전부터 너한테 해 주고 싶은 말이 있었지. 네가 이라치에 처음 왔을 때가 떠오르는구나. 넌 그때 브라질에 온 지 일 년이 지났을 때였지? 난 네가 일 년 동안 쿠리치바에서 공 한번 제대로 차지 못했던 연습생인 걸 알고 있었어. 이라치 와서도 처음에는 뜻대로 잘 안 돼 힘들어하는 모습이었지. 하지만 넌 하루도 쉬지 않고 열심히 하더구나. 넌 쉽게 포기하는 아이가 아니었어. 본래 매부리코가 고집이 세서 쉽게 포기하지 않는 편이지, 하하하……."

쥬베르토는 고개를 끄덕이며 웃었다. 준혁이도 따라 웃으며 슬그머니 코를 만졌다.

"네가 여기에 온 목적이 뭐였지? 그리고 너는 홈경기의 장점이 뭐라고 생각하니?"

쥬베르토는 준혁이 눈을 가만히 들여다보며 물었다.

"세계적인 선수가 되기 위해서 축구를 배우러 왔습니다. 그리고…… 홈경기 장점은……, 힘을 돋워 주는 사람들이 있다는 거 아닙니까."

"그럼 지금 떠나라!"

쥬베르토는 주저하지 않고 말했다. 준혁이는 깜짝 놀랐다.

"이렇게 먼 곳에서 가족, 친구 없이도 넌 잘해 왔어. 지금 한국에 간다면 가족, 친구들이 한곳에 있으니 홈경기의 장점이 되지 않겠니?"

쥬베르토도 준혁이와 같은 생각을 하고 있었다.

"난 네가 이제 한국으로 돌아가도 손색이 없을 정도라고 본다. 넌 아직 어려. 네 앞에는 많은 시간들이 기다리고 있잖아. 브라질에서 배운 것만으로는 안 될 거다. 다시 고등학교에 진학해서 한국 축구에다 브라질에서 배운 걸 보태 봐. 너의 특징을 생각해 보렴. 정확하고 빠른 센터링. 양발을 자유롭게 쓸 수 있고, 빠른 볼 컨트롤이 특징 아니니? 천천히, 하나씩! 네가 배운 걸 실수 없이 보여 준다면 넌 분명 꿈을 이룰 수 있을 거다. 너 자신을 믿고 자신감을 가지렴!"

쥬베르토는 준혁이 어깨를 두드려 주며 힘껏 안아 주었다. 브라질에 와서 꽁꽁 얼어 있던 가슴이 비로소 따뜻해져 왔다. 가슴속에서 형용할 수 없는 느낌이 가득 차올라왔다.

"학교를 졸업하고 잘돼서 1부 리그 선수로 계약되면 좋겠지. 하지만 욕심 부리지 말고 네가 시합을 뛸 수 있는 곳이라면 어디든지 가거라. 2부든 3부든. 연습생이라도 프로 팀에 들어갈 수 있다면 들어가라. 마지막까지 포기하지 말고 달려가!"

그냥 하는 말이 아니었다. 쥬베르토의 말투는 자기가 아끼는 선수를 격려하고 걱정해 주는 진심이 담겨 있었다.

'이다음에, 만약 내가 감독이 된다면 쥬베르토 같은 감독이 될 거다.'

자기도 모르게 그런 생각이 들었다.

겨울 휴가가 시작되기 전에 준혁이는 짐을 정리했다.

"쥬니, 정말 떠나는 거야?"

슈하스코와 다닐로가 가방을 꾸리는 준혁이를 보며 물었다. 둘 다 금방이라도 울음을 터트릴 것 같은 얼굴이었다.

"그래. 정말이다."

준혁이는 친구들을 바라보며 억지웃음을 웃었다.

"쥬니!"

"슈하스코! 다닐로!"

누가 먼저랄 것 없이 서로 끌어안았다. 피부 색깔은 달랐지만 형제 같았던 친구들이었다. 눈물이 볼을 타고 흘러내렸다.

"쥬니, 보고 싶을 거야."

"너에게 신의 가호가 있기를!"

슈하스코와 다닐로 목소리도 젖어 있었다. 준혁이는 두 친구 등을 토닥이며 중얼거렸다.

"다음에, …… 이다음에 우리 다시 만나자. 그라운드에서 말이야."

준혁이는 눈물이 얼룩진 얼굴로 웃었다.

"다닐로, 이거 너 입을래? 이 셔츠 멋지다고 빌려 달라고 그랬잖아."

준혁이는 즐겨 입던 초록색 셔츠를 다닐로에게 내밀었다.

"정말? 나, 주는 거야?"

다닐로는 아이처럼 좋아하며 웃었다.

"새거는 없고……. 입던 거지만 괜찮다면 가져. 선물할게."

준혁이는 친구들에게 뭐든 주고 싶었다.

"슈하스코. 너는 덩치가 커서 옷은 안 되겠고……. 너한텐 이걸 줄게."

아직 신지 않은 축구 양말과 새 칫솔 등 남은 용품은 슈하스코에게 선물했다. 그리고 자기가 사용하던 자잘한 물품들도 클럽의 다른 친구들에게 다 나눠 주었다.

그날 저녁 준혁이는 슈하스코와 다닐로, 클럽의 다른 친구들과 함께 페이죠아다를 먹으러 갔다. 이별 만찬이었다.

"한국에 돌아가면 이게 제일 먹고 싶을 것 같다."

준혁이는 볼이 미어지게 밥을 떠 넣으며 웃었다. 이제 마지막이라 생각하니 모든 게 아쉽게 다가왔다.

'너무 조용해 숨이 막혔던 동네, 쉬는 날에는 할 게 없어 하루 종일 잠만 잤던 나날들. 모두 안녕이다. 이제 내일이면 나는 이곳을 떠난다.'

이라치에서 보낸 이 년 가까운 시간도 지나고 나니 모두 한순간처럼 느껴졌다.

다음 날 준혁이는 쥬베르토 감독과 구단의 다른 사람들에게 일일이 인사를 드렸다. 쥬베르토 감독은 악수를 하며 가볍게 준혁이를 안아 주었다.

"쥬베르토 감독님, 당신을 만난 게 저한텐 제일 큰 행운이었어요. 정말 감사 드립니다. 당신을 잊지 않겠습니다."

준혁이는 깊숙이 고개 숙여 인사를 드렸다. 지금 자기가 할 수 있는 감사는 그것밖에 없었다.

"쥬니, 행운을 빈다!"

쥬베르토 감독은 준혁이 등을 가볍게 두드려 주었다. 슈하스코와 다닐로, 함께 운동을 했던 클럽 친구들은 차가 보이지 않을 때까지 손을 흔들어 주었다.

'안녕, 이라치! 내 꿈을 키웠던 곳!'

숙소와 구장을 오가던 돌 깔린 오래된 마을길. 마을 한가운데 언덕 위의 성모 마리아상. 일요일이면 조용한 마을 위로 울려 퍼지던 성당의 종소리. 마주치면 정답게 웃어 주던 마을 사람들. 준혁이는 멀어져 가는 이라치를 뒤돌아보며 마음속으로 손을 흔들었다.

다시 쿠리치바에 돌아온 준혁이는 며칠 동안 한국으로 돌아갈 준비를 했다. 다 읽은 책은 용철이와 봉수에게 주고 자잘한 물건들도 다 나눠 줬는데도 브라질에 들어올 때보다 커다란 가방 하나가 더 늘어 있었다.

'빠진 거 없이 다 챙겼는데……. 기분이 왜 이렇지?'

무얼 빠트린 것처럼 자꾸만 마음이 찜찜했다. 다 싸 놓은 가방을 풀었다 다시 싸는데 문득 머리를 스치는 게 있었다.

"짐이 아니었구나!"

준혁이는 골똘히 생각에 잠겨들었다.

저녁을 먹은 다음 준혁이는 텔레비전을 보고 있는 대식이에게 다가갔다.

"괜찮으면 잠깐 이야기 좀 하고 싶은데."

대식이는 흘깃 쳐다보더니 마치 기다렸다는 듯 소파에서 일어났다.

"밖으로 나갈까?"

대식이는 말없이 앞장서 나갔다. 준혁이는 호주머니의 돈을 한 번 더 확인하고 밖으로 나갔다. 이제 막 어둠이 내리는 거리엔 하나 둘 불이 밝혀지고 있었다. 막상 밖으로 나왔지만 딱히 어디로 갈 곳도 없었다. 먼저 말을 꺼내야 하는데 무엇부터 시작해야 할지 감이 잡히지 않았다.

"이번에……, 시합 때 쿠리치바도 정말 잘했는데……, 우승 못해서……."

"됐어. 항상 이길 수만 없는 게 시합인데……. 이라치가 잘

하긴 정말 잘했어. 너희 감독은 용병술을 정말 잘 쓰는 것 같더라. 언론에서도 칭찬하던걸.”

준혁이는 막혀 있던 벽이 스르르 허물어지는 것 같았다. 그건 대식이도 마찬가지였다. 마음이 박하사탕을 깨문 것처럼 시원해졌다.

“피시 방 갈래? 게임이나 한판 하자.”

대식이가 싱긋 웃으며 고개를 끄덕였다.

“그러자. 한 시간만.”

처음 봤을 때 준혁이는 어딘지 모르게 껄끄러운 느낌이 들었던 친구였다. 대식이는 그런 준혁이와 별로 친하고 싶은 마음이 들지 않았다. 준혁이가 쿠리치바에 연습생으로 있을 때 적응 못해 힘들어하는 걸 알면서도 일부러 모른 척했다. 아무리 힘들어도 자기가 그랬던 것처럼 결국 스스로 극복해야 되는 일이라 생각했다. 준혁이가 힘들게 적응해 가는 과정을 지켜보면서 대식이는 언뜻언뜻 자기 모습을 발견하기도 했다. 그렇지만 쉽게 마음을 열지 못한 채 준혁이가 떠날 날을 맞이한 것이었다. 그냥 헤어지면 안 될 것 같은 느낌이 막연하게 든 건 대식이도 마찬가지였다. 그래서 준혁이의 말에 선뜻 따라나섰던 것이었다.

“잠깐만.”

준혁이는 근처 가게로 뛰어 들어가 과라나 캔 두 개를 사들고 나왔다. 브라질에서 나오는 탄산음료 가운데 아이들이 가장 좋아하는 음료였다.

"우린 별로 친하진 않았지만 헤어질 거라 생각하니 조금 아쉽고 그렇네. 너는 꼭 훌륭한 선수가 될 거다. 열심히 해라. 진심이다."

대식이에게 음료수를 건네며 준혁이가 말했다. 그건 정말 하고 싶었던 말이기도 했다.

"고마워. 곰곰이 생각해 보면 너한테 미안한 일도 많았던 것 같아. 내가 좀 냉정했지. 미안하다. 너도 한국에 돌아가면 더 열심히 해. 우리 둘 다 운이 좋으면 국가 대표 선수가 되어 다시 만날지도 모르잖아. 하핫!"

대식이가 처음으로 준혁이를 보며 환하게 웃었다.

둘은 피시 방에 가서 정확하게 한 시간 동안 신나게 게임을 하고 왔다. 떠나기 전날 황 선생님은 함께 지내는 아이들과 이별 파티를 열어 주었다. 고기 뷔페인 슈하스카리아에 가서 마지막으로 브라질 고기도 실컷 먹게 해 주었다.

"준혁아, 많이 먹어라. 아마 한국에 돌아가면 브라질 고기가 먹고 싶을걸?"

황 선생님이 웃으며 권했다.

"형, 먼저 나가서 자리 잡아 놓으세요. 저도 곧 나갈 거예요."

용철이가 부러운 듯 말했다.

"한국 가면 좋겠어요. 김치도 실컷 먹고."

봉수가 동그란 눈으로 웃음을 지으며 말했다. 대식이는 아무 말 없이 준혁이의 접시에 고기를 덜어 주었다.

'너랑 좀 더 일찍 친해졌으면 좋았을 텐데…… 꼭 훌륭한 선수가 되어라.'

준혁이는 진심으로 대식이의 앞날을 빌어 주었다.

다음 날 준혁이는 쿠리치바 공항으로 나갔다.

"꼭 훌륭한 선수가 되어야 한다. 이곳에서 한 것처럼 하면 다 잘될 거다. 그동안 고생했다. 나는 하느라 했는데 부족한 점이 많았을 거다. 서운한 게 있었으면 다 잊고 어머님께도 안부 전해라."

황 선생님은 준혁이를 꼭 안아 주었다.

"선생님, 고마웠습니다. 은혜 잊지 않겠습니다."

준혁이는 황 선생님과 마지막 인사를 나누고 게이트로 들어갔다. 혼자 한국까지 가야 했기에 준혁이는 조금 긴장해 있었다. 브라질에 들어올 때는 미국을 경유했지만 돌아갈 때는 유럽을 경유해 가는 노선이었다. 하지만 포르투갈 어를 할 수 있어 그리 걱정되지 않았다.

준혁이는 상파울루에서 다시 비행기를 갈아탔다. 비행기는 밤 11시에 출발하는 프랑크푸르트행이었다.

"곧 비행기가 이륙하겠습니다. 손님께서는 안전벨트를 착용해 주시기 바랍니다."

안내 방송과 함께 비행기는 서서히 속력을 내기 시작했다.

'이제 정말 브라질을 떠나는구나.'

그렇게 돌아가고 싶은 한국이었지만 막상 브라질을 떠난다고 생각하니 마음이 착잡했다.

'한국에서는 또 어떤 일이 나를 기다리고 있을까? 친구들은 어떻게 변했을까? 내가 들어가고 싶은 고등학교에 들어갈 수 있을까?'

준혁이 가슴은 설렘과 걱정으로 두근거렸다. 하나의 매듭을 짓고 나니 새로운 일이 또 자기를 기다리고 있었다. 끝남은 새로운 출발의 다른 이름이었다.

'브라질 유학은 끝났지만 이제 또 새로운 출발이다. 어떤 일이 내 앞을 가로막을지 모르겠지만 나는 두렵지 않다. 내겐 꿈이 있으니!'

창을 통해 내려다본 상파울루는 거대한 빛의 꽃밭이었다. 그 빛의 꽃밭은 차츰 멀어지더니 이윽고 어둠 속으로 사라졌다. 준혁이는 의자 깊숙이 몸을 묻고 눈을 감았다.

세상으로 내보내는 또 하나의 이야기

몸이 날래고, 달리는 걸 좋아했던 한 소년이 있었다. 소년은 운동을 좋아했다. 특히 축구를 좋아했고, 공도 잘 찼다. 작가가 되어 글을 쓰기 시작하면서부터 그 소년의 이야기를 쓰고 싶었다. 하지만 어떻게 써야 할지 몰라 그냥 가슴에 담고만 있었다.

2002년 한일 월드컵이 열리던 해. 그해 6월, 전 국민의 눈은 둘레 70센티미터, 무게 450그램의 가죽으로 만든 축구공에 쏠렸다. 거리를 메웠던 태극기와 붉은 셔츠의 물결. 하루하루가 축제 같은 날들이었다. 사람들은 세계적인 축구 스타들의 현란한 플레이에 열광했으며 그들이 그 자리에 오기까지 흘린 땀과 노력에 박수를 보냈다.

월드컵은 끝나고 열병처럼 번졌던 열기도 차츰 식어 갔다. 사람들 대부분은 그들을 잊고 살아가지만 어떤 사람들에겐 그들의 모습이 화인처럼 각인되어 꿈으로 남기도 할 거라 생각했다. 그런 생각의 연장선에서 이 글을 쓰기 시작했다. 거기서 조금 더 욕심을 부리자면 화면이나 운동장에서 보는 축구가 아닌, 글로 읽어도 보는 것 못지않게 재미난 축구 경기를 한번 써 보고 싶었다. 오랫동안 가슴에 품고 있었던 이야기였지만, 풀어내는 것이 생각처럼 쉽지가 않았다. 육 년 동안 힘겹게 안고 있었던 글이었다.

자신의 꿈을 향해 나아가는 소년. 그 소년의 이야기를 쓰고 싶었던 내 꿈. 사람은 꿈을 안고 사는 동안 아무리 고통스러워도 이겨낼 수 있다고 했다. 수없이 좌절했다가도 끝까지 포기하지 않고 다시 일어서는 소년은, 달리 보면 오랜 시간 이 글을 붙잡고 있으면서도 끝내 포기하지 못했던 내 모습일지도 모른다.

이제 이 이야기를 세상으로 내보낸다. 자신의 꿈을 가진 청소년들에게, 또는 아직도 자신의 꿈이 무언지 모르고 공부에 매달리는 청소년들에게 작은 불씨를 심어 줄 수 있는 이야기가 되었으면 하는 바람을 가져 본다. 그리고 바라보기만 해도 가슴 벅찬 내 아들에게 이 책을 선물한다.

한정기

블루픽션 28

나는 브라질로 간다

1판 1쇄 펴냄 2008년 8월 20일
1판 16쇄 펴냄 2021년 4월 7일
지은이/ 한정기
펴낸이/ 박상희
펴낸곳/ (주)비룡소
편　집/ 박지은
디자인/ 허선정
출판등록/ 1994. 3. 17. (제16-849호)
주소/ 06027 서울시 강남구 도산대로1길 62 강남출판문화센터 4층
전화/ 영업 02)515 2000
팩스/ 02)515-2007
편집/ 02)3443-4318,9
홈페이지/ www.bir.co.kr
제품명 어린이용 반양장 도서　제조자명 (주)비룡소　제조국명 대한민국　사용연령 3세 이상

ⓒ 한정기, 2008. Printed in Seoul, Korea.

ISBN 978-89-491-2082-9 44800
ISBN 978-89-491-2053-9 (세트)

| 블루픽션 시리즈

1. 스켈리그 데이비드 알몬드 글/ 김연수 옮김
안데르센 상, 엘리너 파전 문학상, 카네기 상, 휘트브레드 상, 마이클 L. 프린츠 상,
어린이도서연구회 권장 도서, 책교실 권장 도서, 중앙독서교육 추천 도서

2. 운하의 소녀 티에리 르냉 글/ 조현실 옮김
소르시에르 상, 어린이도서연구회 권장 도서

4. 0에서 10까지 사랑의 편지 수지 모건스턴 글/ 이정임 옮김
밀드레드 L. 배첼더 상, 어린이도서연구회 권장 도서

5. 희망의 섬 78번지 우리 오를레브 글/ 유혜경 옮김
안데르센 상 수상 작가, 밀드레드 L. 배첼더 상, 머더카이 상, 아침햇살 선정 좋은 어린이 책,
중앙독서교육 추천 도서, 책교실 권장 도서, 책따세 추천 도서

6. 뤽스 극장의 연인 자닌 테송 글/ 조현실 옮김
프랑스 '올해의 청소년 책', 소르시에르 상, 어린이도서연구회 권장 도서, 열린 어린이가 뽑은 좋은 책

7. 시인 X 엘리자베스 아체베도 글/ 황유원 옮김
카네기상, 내셔널 북 어워드, 마이클 L. 프린츠 상, 보스턴 글로브 혼 북 상, 골든 카이트 어워드,
아침독서 추천 도서

9. 이매지너리 프렌드 매튜 딕스 글/ 정회성 옮김

10. 초콜릿 전쟁 로버트 코마이어 글/ 안인희 옮김
미국 도서관 협회 선정 도서, 뉴욕타임스 선정 도서, 어린이도서연구회 권장 도서

11. 전갈의 아이 낸시 파머 글/ 백영미 옮김
뉴베리 상, 국제 도서 협회 선정 도서, 마이클 L. 프린츠 상, 책교실 권장 도서, 어린이도서연구회 권장 도서

13. 나의 산에서 진 C. 조지 글/ 김원구 옮김
뉴베리 상, 미국 도서관 협회 선정 도서, 어린이도서연구회 권장 도서,
열린 어린이가 뽑은 좋은 책, 책교실 권장 도서

15. 우리 형은 제시카 존 보인 글/ 정회성 옮김
줏대있는 어린이 추천 도서

17. 푸른 황무지 데이비드 알몬드 글/ 김연수 옮김
안데르센 상, 엘리너 파전 문학상, 스마티즈 상, 마이클 L. 프린츠 상, 어린이도서연구회 권장 도서

18. 킬리만자로에서, 안녕 이옥수 글
학교도서관저널 추천 도서

20. 기억 전달자 로이스 로리 글/ 장은수 옮김
뉴베리 상, 보스턴 글로브 혼 북 명예상, 어린이도서연구회 권장 도서,
열린 어린이가 뽑은 좋은 책, 교보문고 추천 도서

22. 내 인생의 스프링캠프 정유정 글
세계청소년문학상, 문화관광부 교양 도서, 어린이도서연구회 권장 도서,
교보문고 추천 도서, 학도넷 추천 도서

40. 파랑 치타가 달려간다 박선희 글

제3회 블루픽션상 수상작, 학교도서관저널 추천 도서, 아침독서 추천 도서,
어린이도서연구회 권장 도서, 책따세 추천 도서, 문화체육관광부 우수교양도서

41. 나는, K다 이옥수 글

학교도서관저널 추천 도서

42. 어쩌자고 우린 열일곱 이옥수 글

한국도서관협회 우수문학도서, 학교도서관저널 추천 도서

43. 앉아 있는 악마 김민경 글

44. 최후의 Z 로버트 C. 오브라이언 글/ 이진 옮김

뉴베리 상 수상 작가

46. 줄리엣 클럽 박선희 글

제3회 블루픽션상 수상 작가, 대한출판문화협회 선정 올해의 청소년 도서,
한국도서관협회 선정 우수문학도서

47. 번데기 프로젝트 이제미 글

제4회 블루픽션상 수상작

48. 뚱보가 세상을 지배한다 K.L. 고잉 글/ 정회성 옮김

마이클 L. 프린츠 아너 상

49. 파랑 피 메리 E. 피어슨 글/ 황소연 옮김

미국학교도서관저널, 미국도서관협회 선정 청소년 분야 '최고의 책',
학교도서관저널 추천 도서, 책따세 추천 도서

50. 판타스틱 걸 김혜정 글

제1회 블루픽션상 수상 작가, 대한출판문화협회 선정 올해의 청소년 도서,
고래가 숨쉬는 도서관 선정 도서, 한국도서관협회 선정 우수문학도서,
경기도학교도서관사서협의회 추천 도서

51. 어쨌거나 스무 살은 되고 싶지 않아 조우리 글

제12회 블루픽션상 수상작

52. 우리들의 짭조름한 여름날 오채 글

마해송 문학상 수상 작가, 한국도서관협회 선정 우수문학도서,
국립어린이청소년도서관 추천 도서, 경기도학교도서관사서협의회 추천 도서,
2017 순천시 One City One Book 선정 도서

53. 웰컴, 마이 퓨처 양호문 글

제2회 블루픽션상 수상 작가, 대한출판문화협회 선정 올해의 청소년 도서,
경기도학교도서관사서협의회 추천 도서

54. 초록 눈 프리키는 알고 있다 조이스 캐럴 오츠 글/ 부희령 옮김

미국 내셔널북어워드, 오헨리 상 수상 작가, 경기도학교도서관사서협의회 추천 도서,
국립어린이청소년도서관 추천 도서

56. 메신저 로이스 로리 글/ 조영학 옮김

뉴베리 상, 보스턴 글로브 혼 북 명예상 수상 작가, 경기도학교도서관사서협의회 추천 도서

◉ 계속 출간됩니다.